講談社文庫

罪の名前

木原《このはら》音《なり》瀬《せ》

講談社

罪の名前

目次

罪の名前

Original Sin

罪と罰

「先生、救急外来からお電話です」

看護師、宇都宮《うつのみや》の呼ぶ声に、ナースステーションで座薬の指示書を入力していた棚《たな》田《だ》裕一郎《ゆういちろう》はぴたりと手を止めた。ちらりと腕時計に視線を走らせる。時刻は午後十一時を少し過ぎたところだ。この時間、整形外科病棟に連絡があるということは、救急医の手に余る、専門家の助言を必要とする「厄介《やっかい》」な骨の患者が外来にきた、ということだ。例えば交通事故の多発外傷とか。

今晩は手術直後の患者もいないし、病棟も落ち着いている。十分ごとにナースコールを押し「水を飲ませろ」「枕の位置を変えろ」「主治医を呼べ」と看護師を困らせ、担当医だった棚田の肩身を狭くさせていた爺《じい》さんも午前中、めでたく転院した。静かに夜を過ごす予定だったのに、不穏《ふおん》な空気が漂ってくる。

そういえば少し前に救急車のサイレンが聞こえてたな……と思いつつ受話器を手に取った。

「はい、整形の棚田です」

『おっ！　当直が知ってる奴でラッキー。俺、俺』

電話の向こう、一世を風靡《ふうび》した詐欺《さぎ》を彷彿《ほうふつ》とさせる雑な喋《しゃべ》りは、水泳部の二つ先輩で救急医の岩佐《いわさ》だ。

『救急で来た患者がさぁ、鎖骨から下が完全に麻痺《まひ》ってるっぽいのよ。診《み》に来てくんない。レントゲンは撮ってあるからさ』

脊髄《せきずい》損傷の四文字が頭に浮かび、ググッと眉間《みけん》に力が入る。状態によっては、医師を招集しての緊急手術……いや、その前に手術ができる全身状態にあるかどうかだ。交通事故だった場合、体が千切れたぬいぐるみ並に損傷していることが多々ある。

「外傷はどんな感じですか？」

『見た目はきれいよ。駅の階段から落ちて、打ち所が悪かったたってやつでさぁ。打撲《だぼく》や擦過傷《さっかしょう》はあるけど出血はなし。意識レベル清明、バイタルも安定してる。大学生かな？　若い兄ちゃんだよ』

「わかりました。すぐ行きます」

棚田は電話を切り、急いで指示書を仕上げた。宇都宮に「救急外来に行ってきます。何かあったら院内携帯で。もし僕が出なかったら、副直にお願いします」と言い残し、ナースステーションを後にした。

鎖骨から下の麻痺は、頸椎《けいつい》の損傷が疑われる。麻痺の状態を確認して、レントゲンを見て……治療を決定するのはそれからだ。内臓の損傷がなく問題が骨だけなら、早々に整形外科へ転科することになるだろう。

脊髄損傷は何例も診てきたが、人生を左右する四肢《しし》麻痺が改善するかどうかは、ひとえに早期の治療が鍵《かぎ》になる。

患者の状態を想像し、いくつかの治療パターンをシミュレーションしながら、病棟と診療棟を結ぶ薄暗い渡り廊下を小走りしていると、ザアザアと雨の音が耳についた。雨の降る日は事故が多い。救急で来ている患者も、濡《ぬ》れた階段で滑ったとか、そういう感じかもしれない。

救急外来の入り口に隣接した救急処置室の前の廊下は、濡れて水滴が鈍《にぶ》く光っていた。扉を開ける。病棟の六人部屋を二つ足したぐらいの広さがある処置室は明るく、周囲に麻酔器や心電図モニター、除細動器が並んで集中治療室のようだ。

研修医の頃、先輩医師の茂木《もぎ》についてて初めてここに入った。ちょうど急患が運び込まれたところで処置室は戦場。医者や看護師が走り回り、モニターが何度もアラーム音を響かせる。殺気だった雰囲気と部屋を取り囲む器械に怖《お》じ気《け》づいて、自分は立っている場所から一歩も動けなかった。

今では事故で血まみれの患者が来ても冷静に対処できるが、ここは基本的に救急医のテリトリーになるので、入ると結界を超えたような緊張感がある。

処置室は左端に人だかりがあった。棚田が近づいていくと、こちらに気づいた岩佐が「おー悪いね」と顎髭《あごひげ》をさすりながら駆け寄ってくる。学生時代はオーバーウエイト、プールの力士と呼ばれていた岩佐だったが、働き始めて風船が萎《しぼ》むように痩《や》せ、もう昔の面影《おもかげ》はない。紺色のスクラブがしっくり体に馴染《なじ》んでいる。

岩佐はテーブルにあるパソコンの前に立ち、マウスを操作した。

「患者は松雪颯太《まつゆきそうた》、二十二歳。既往歴なし。おぅ、レントゲンできてるよ。仕事早いねぇ」

パソコンモニターに映し出される、三方向から撮影された頸椎の画像を棚田は凝視した。規則的に並んでいるはずの第六頸椎が後頭部側に大きくずれている。

「……C5／6の脱臼《だっきゅう》ですね。骨折はないと思います。受傷したのは何時ですか？」

「詳しいことは知らんけど、一時間ぐらい前じゃないかな」

「早くに処置すれば、リカバリーできるかもしれません」

「だ、か、ら、お前を呼んだんじゃん。後、頼むわ〜」

岩佐はニヤッと目を細め、棚田の背中を乱暴に叩《たた》いた。その粗雑さに辟易《へきえき》しながらベッドに近づく。横たわる患者を目にした瞬間、あれっ？　と思った。

中学生の時、いつもつるんでいたグループに西山《にしやま》という男がいた。垂れ気味の小さな目に尖《とが》った顎をしていたが、患者はその西山によく似ている。

西山の子かと思ったが、患者の歳は二十二歳なので年齢的にありえない。西山とは仲がよかったのに、中学を卒業してから連絡を取り合ってない。地元で教師をしていると人伝《ひとづて》に聞いてはいるが……と郷愁はさておき、世の中には似た顔が三人いるそうだしな、と頭を仕事モードに切り換える。

患者は実年齢よりももう少し幼く見えた。少し癖のある髪で、右の目尻に泣きぼくろがある。頬《ほお》が少し赤く、発熱しているのかと思ったが、すぐに擦過傷だと気づいた。転落した際、傷つけたのだろう。西山に似た顔、怯《おび》えた子鹿のような黒い目がじっと棚田を見上げている。

「松雪さんですね。整形外科の棚田です。手足の動きを見させてくださいね」

緊張している相手に無用な圧力をかけぬよう、ゆっくりと声をかける。

「な……んか変なんです……」

青ざめた薄い唇が、小さく動く。

「まるで手と足がなくなったみたいに、何も感じないんです。これってどうしてなんですか？　さっき誰かが脊損《せきそん》って言ってた。もしかして俺、このまま寝たきりになるんですか？　そんなことないですよね。違いますよね」

意識があると、周囲の声も耳に入ってしまう。青年の口許《くちもと》がアシンメトリーに歪《ゆが》んだ。

「俺、そんなの嫌《いや》だ。絶対に嫌だ」

涙が溢《あふ》れ、ポロッと目尻を滑り落ちる。ポロポロとこぼれる涙に、まるで級友に泣かれているような気分になり、胸の奥がツキリと痛んだ。

希望の言葉をかけるのは簡単だが、治療をして麻痺がどの程度回復するのか、今の段階でそれを断言できる医者は世界中探してもいないだろう。

「レントゲンで見たところ、松雪さんは頸椎……首の骨が後ろにずれてしまい、その骨が神経を圧迫して手足を動かすことに支障《ししょう》がでていると考えられます。今後のことは治療の経過をみないとわかりませんが、最善を尽くします」

棚田には、事実を淡々《たんたん》と告げることしかできない。

「どの部分が痺《しび》れて動きにくいか、確認させてください」

シーツを少しはぐる。青年は上から病衣をかけられただけで全裸。顔同様、手足も細くて華奢《きゃしゃ》だ。

足許から順に動きと痺れの具合をチェックしていく。鎖骨から下は全く動かせず、触れている感覚もない。岩佐の見立て通り、完全麻痺だ。治療方針は決まった。

「松雪さん、これからずれた骨をもとどおりの場所に戻すために、頭に装具をつけて直接引っ張ろうと思います。具体的には、局所麻酔を使って、頭蓋骨《ずがいこつ》に直接穴をあけて装具をつけることになります。この処置は早ければ早いほど、症状が改善される可能性が高くなります」

「先生」

青年が棚田を見た。

「俺の手、握ってください」

心細いのだろう。棚田は動かせない細い手を軽く握った。

「握りましたよ」

感覚がない青年に声をかける。その目からポロポロと涙が溢れた。

「お願い、お願いだから先生……先生、俺のこと助けて……助けて……」

縋《すが》る視線。指先から伝わってくる熱。助けたいと思う。約束は何もできないが……棚田はさっきよりも言葉に力を込めて「最善を尽くします」と繰り返した。

午後二時過ぎ、病院内にある食堂、窓際の席で棚田はうどんを食べていた。夜に降っていた雨の気配はもうどこにも残っておらず、外は日射《ひざ》しがギラギラしている。夏は終わったはずなのに、暴力的に眩《まぶ》しい。かといって席を移るのも面倒くさい。

ふと、人の気配を感じた。脂《あぶら》ぎった顔、目の下にクマを作った岩佐が棚田の向かいにドスンと腰掛け「夜はどーも」とため息混じりに呟《つぶや》いた。岩佐の置いたトレイに載っているのは、自分と同じうどんだ。

「お疲れ様です」

岩佐は「もうムチャクチャ疲れたわ」と割《わ》り箸《ばし》の片側を銜《くわ》えた。ランチタイムからずれて閑散《かんさん》とした食堂に、パキンと割り箸の割れる乾いた音が響く。

「あの後さぁ、タマタマが痛いってオッサンと、脳の血管が詰まったばあちゃんと、喘息《ぜんそく》発作の子供がきてさぁ……」

話を聞いているだけで、こっちの疲れも倍増してくる。次から次へと運び込まれてくる、状態がよくわからない重傷患者。正直、救急医なんてお願いされてもなりたくない。一日で神経が疲弊《ひへい》する。その点、岩佐はよくやってるなと思う。

「まぁ、みんなそこそこ落ち着いたんだけどな。お前んちの病棟で首の兄ちゃん引き取ってもらって助かったわ。集中治療室にもうベッドの空《あ》きがなくてさぁ」

「呼吸に問題がなければ、意識のある患者さんに集中治療室は辛いですからね。うちはちょうど部屋も空いてたので」

そういやさぁ、と岩佐が椅子《いす》にふんぞり返った。

「首の兄ちゃん、どんな感じよ？」

棚田はお茶を一口飲んだ。

「直達牽引《けんいん》をしてすぐ、少しですけど足が動くようになりました」

眠たげにしょぼしょぼ瞬《まばた》きしていた目をパッと見開き、岩佐はテーブルの上に身を乗り出す。

「いい傾向じゃん。脊損は人生変わるからなぁ。歩けると歩けないじゃ天と地だ。あの兄ちゃんは運がよかったよ。救急隊員もベテランで頸部の固定もできてたし、うちに来てすぐバリバリの専門医に診てもらえたんだからさぁ」

「やめてくださいよ」

持ち上げられているとわかるから気恥ずかしい。棚田も三十四歳といい歳になり経験も増えて、専門の脊髄に関しては、大抵の症例に対応できるだけの知識がついた。棚田よりも後に来たのに、もううどんを食べ終わる早食いの岩佐が、思い出したように「あっ」と声をあげた。

「そうだ、警察がお前のとこ行くかもしんないから」

「警察？」

「首の兄ちゃん関係でさ」

交通事故の場合、患者が話せる状態にまで回復していれば警察が事情聴取に来ることもあるが、彼は階段からの落下。どうして警察が来るのだろう。処置で手一杯で、転落の際の詳《くわ》しい経過は本人から聞けていないが……。

岩佐は周囲を見渡し、人がいないにもかかわらず声を潜《ひそ》めた。

「あの兄ちゃん、駅の階段から突き落とされたらしいんだわ」

人が階段から落下する場面をリアルに想像してしまい、背筋が羽根でなぞられたようにゾクッとした。

「階段で背中を押されたって本人も言ってたんだよな。そしたらさっき警察から連絡があって、突き落とした男は兄ちゃんの顔見知りで、その場で現行犯逮捕されたらしい」

「……それって、殺すつもりだったんでしょうか」

棚田の声も自然と秘《ひそ》やかになる。

「階段から突き落としたら、そりゃ死ぬ可能性もあるわな」

飲み込んだ唾《つば》が、喉元《のどもと》でゴクリと音をたてる。もし自分がそんな目にあったら、背中や首を痛めたら……症例を何十件も診ているだけに、先が想像でき過ぎて怖くなる。

「自分の不注意ならまだしも、他人から危害を加えられて、それで車椅子や寝たきりになるなんて納得できませんよね」

岩佐はうどんの汁までズズッと吸い上げた。

「どんな恨《うら》みがあったにしろ、暴力はいかんよな。そういう奴らは、人の一生を台無しにするってことに責任は感じないのかね。まぁ、そこまで考えられるなら、はなからそんなことしやしないか。……結局俺らはさぁ、本来必要のない、アホな奴がしでかした愚行の尻ぬぐいを、睡眠時間を削ってせっせとやってるってわけよ。もう勘弁しろっての」

岩佐は頭をガリガリと掻《か》き「煙草《たばこ》吸いてぇ」と呟き「喫煙所行くの面倒くせぇ」と

続けた。

「岩佐先生、当直明けは休みですか？」

「……休みだけど、夕方から新人の勉強会よ。帰るの面倒くさいから、仮眠室で寝る。お前は？」

「首の松雪さん、明後日オペになるんです。少し準備をしておこうかと」

俺ら、働き過ぎだよなぁ……とぼやき、岩佐は空の丼《どんぶり》の載ったトレイを手に立ちあがった。

昼を食べたあと、棚田は整形外科の病棟に戻り、頸椎脱臼の松雪颯太が入室している二人部屋へ向かった。

ノックをするが、返事はない。「失礼します」と声を掛け、そっとドアを開いた。奥にあるベッドの周囲はカーテンで囲われている。この部屋には午前中まで術後の患者がいたが、経過がいいので四人部屋に移動し今は手前に空ベッドが置かれているだけ。明日、先輩医師の茂木の受け持ちで手術予定の患者が入室する予定になっている。

囲われたカーテンを足許から回り込む。頭に装具をつけ、首を後方に引っ張られたまま、松雪は目を閉じていた。夜に運び込まれ、CT、牽引のための処置、数回のレントゲン撮影と明け方までバタバタしていたので疲れているんだろう。

見れば見るほど西山に似てるなと思いつつ、眠っているのなら後にしようと一歩後ずさったところで、閉じていた瞼《まぶた》がパチリと開いた。頭部は上下左右に動かせない。視線だけがゆっくりと棚田に向けられる。

「あ、先生」

「お休み中にすみません。具合はどうですか？」

松雪は苦笑いするように口許を歪めた。

「ピンのところがズキズキします。我慢できないことはないけど、ずっと気になって……」

脱臼した頸椎を整復するために、頭蓋骨にピンを埋め込み器具を装着した。通常なら痛みが引くまで牽引は待つが、松雪の場合は外傷なのですぐに開始した。痛みが出ても無理はない。

「痛み止めを使いましょう。少し楽になると思います」

「あ、嬉しい」

松雪の口許が綻《ほころ》び、顔が安堵《あんど》したものになる。自分の要求を遠慮なく伝えてくる患者も多いが、彼は控えめなタイプらしい。

「気になることがあれば、何でも言ってください」

牽引をしてずれた骨の位置を修正したことで神経への圧迫が軽減し、足を僅《わず》かに動かせる程度に運動機能は改善した。しかしナースコールは押せないので、手足を動かせない患者用に、声に反応するものをベッドサイドに備え付けてはいるが……。

「ナースコールの使い方はわかりますか？」

「あ、はい。看護師さんが教えてくれました」

「遠慮せずに、使ってくださいね」

松雪は目を伏せた。

「痛みは我慢できるし、これぐらいのことでお医者さんや看護師さんを呼ぶのも悪いような気がして……」

若いのに気遣いを知っている。松雪のこの言葉を、十分ごとにナースコールを押していたあの爺さんに聞かせてやりたい。まぁ、あの人はあの人で、寂しかったんだろうなというのはわかっていたが。

「少し話をしてもかまいませんか？　疲れているようなら後にしますが」

松雪が「大丈夫です」とはっきりした声で答える。棚田は折り畳みの椅子を開き、腰掛けた。

「午前中も簡単に話をしましたが、松雪さんは首を強く打ったことで、頸椎が脱臼し、その部位に椎間板ヘルニアを起こしています。受傷時にヘルニアを起こすのは希《まれ》ですが、ないわけではありません。状態的に早期の手術が必要で、できることなら明後日《あさって》にしたいと思っています。かまいませんか？」

松雪は「はい」と答える。

「ではその予定で進めてゆきます。手術の同意書をいただきたいのと、ご家族の方にも詳しい話をしたいので、親御《おやご》さんの電話番号を教えてもらえませんか。できたら今日、明日のうちに病院に来てもらえたらと思っています」

これまでの処置は、急を要したこと、本人が成人で意識があったので口頭で一つ一つ説明していった。だが全身麻酔を使った手術となると、百パーセント安全とは断言できず、後遺症の問題もあるので、家族に話しておかないといけない。

「俺の同意だけじゃ駄目ですか？　どうしても家族を呼ばないといけないんでしょうか？」

その言い方に、引っかかりを感じた。

「ご家族に連絡すると、何か都合の悪いことでもあるんですか？」

松雪はしばらく黙っていたが、フッと疲れたようなため息をついた。

「……俺の家族は今、どこにいるのかわからないんです」

「わからない……とは？」

「俺は出身が群馬で、実家は村人が三十人もいない山奥の村です。大学進学の為《ため》に上京して、その年の夏に半年ぶりに帰省したら、両親と妹が家からいなくなってた。村の人に聞いても、誰も何も知らなくて……警察にも届け出たんですが未だに行方《ゆくえ》はわかっていません」

病院には、様々な事情を抱えた患者が入院してくる。隠し子、内縁、不倫などの揉《も》め事《ごと》はよくあるが、行方不明は初めてのパターンだ。棚田は何と返事をすればいいのかわからなかった。

「村の人は『神隠し』って言ってたけど、そんなことあるわけない。六月頃だったかな、一度だけ俺のスマホに変な電話がかかってきたことがあったんです。父の借金がどうとか。父は昔から金遣いが荒い人だったので、借金の取り立てから逃げるために三人で夜逃げしたんだと思います。……実は俺が小学生の時にも一回、父の借金で夜逃げしたことがあるんです」

松雪の礼儀正しい喋り方、どことなく漂う品のよさから、親が金遣いが荒いというイメージは浮かばないが……いや、親を反面教師に真面目《まじめ》にやってきたのかもしれない。

「俺は奨学金をもらっていて、生活費も自分で稼いで実家の援助は受けてないから、特に困ることはないんです。落ち着いたら連絡をくれるだろうと思ってずっと待ってたんだけど、気づいたら三年も経ってて……」

随分とのんびりしている。ただ彼の病状は夜逃げした家族が戻ってくるのを待っている余裕はない。

「そういうことでしたら……どなたか親戚《しんせき》の方はいらっしゃいませんか？」

「父は養護施設の出だったので、母は結婚を反対されて親族と縁を切ったと聞かされました。だから親戚には一度も会ったことがないし、どこにいるのかも知らないんです」

家族は失踪《しっそう》、親戚もいない。頼れる人がおらず、二十二歳という年齢で一生を左右するような大怪我。それも他人から危害を加えられて、だ。

不幸、というのは引き寄せられる性質でもあるのだろうか。しかし彼は運がよかった。完全麻痺だったのに、足の動きや知覚が戻ってきているので、先の治療に希望が持てる。シャリッとシーツが擦《こす》れ、彼の足許にかかっている布団が僅かに揺れた。

「最初、足が全然動かなかったけど、少し動きはじめて嬉しいです。でもよく考えたら動くのが普通なんですよね。どうしてこんなことになったんだろ」

棚田の脳裏に「突き落とされた」と話していた岩佐の顔が浮かぶ。

「自分の不注意で階段を踏み外《はず》したなら自業自得だけど、俺はそうじゃないから。顔見知りの奴に、階段を降りてる途中で押されたんです」

こちらの反応を窺《うかが》うような短い沈黙のあと「知ってましたか？」と問われた。

「救急医に、松雪さんの事故には加害者がいて、その人は逮捕されたと聞いています」

松雪は目を細め「先生」と囁《ささや》くように呟いた。

「階段から落ちる感覚って、わかります？」

「それは……経験がないので」

「体がふわっと宙に浮いて、それからゆっくり沈んでいくんです。景色がコマ送りになって、まるで映画みたいで……気づいたら、全身が叩きつけられていた。死ぬかと思うほど痛かった……はは っ、冗談じゃないです。俺、頭とか打ってたらそのまま死んでたかもしれないですよね」

松雪は、フッと口を噤《つぐ》んだ。そして「俺を突き落としたのは、川口《かわぐち》って男なんです」と加害者の名前を告げた。

「俺、川口の妹と付き合ってたんです。けど彼女、俺だけじゃなくて他にも何人か男と付き合ってて……そういうのがしんどくて別れたんだけど、奴は俺が一方的に彼女を振ったと思い込んでて」

たったそれだけのことで、松雪は一歩間違えば死んでいたかもしれない、そんな目に遭わされたんだろうか。

「俺と別れた後、彼女はすごく落ち込んでたらしいんです。川口は異常なぐらい妹を可愛《かわい》がってたから、妹を傷つけた俺が許せなかったんだろうな、別れてからずっと俺に無言電話を掛けてきてたんです。ヤバい感じだなとは思ってたけど、そのうち止《や》めるかなと我慢してたらこういうことされたんですよね。それに彼女が落ち込んでたのは俺のせいじゃなくて、本命の彼と上手《うま》くいってないからだって、友達から聞いて……」

安っぽいドラマのような、ドロドロとした展開になってくる。

「その彼女の本命っていうのが、まずい筋の人で……」

言葉を濁《にご》しているが、暴力団関係の人間というのは容易に想像がついた。本命に冷たくされて、落ち込む彼女。兄に心配されても、それが暴力団員の彼氏のせいだと言えなくて、松雪に振られたからだと嘘《うそ》をついたとしたら……。

「何股もかけられて自分が傷ついても、それは自業自得なんです。彼女がちょっとエキセントリックだと知ってて付き合ってたから。けどまさか彼女の兄にこんな目に遭わされるなんて思わなかった」

松雪の目に涙が溢れる。感情が流れ落ちても、それを拭《ぬぐ》うことはできない。まだ腕は顔に届くほど動かないからだ。泣いている青年が哀れで、棚田はベッドサイドのティッシュを取り、泣きぼくろを濡らす涙をそっと拭い取った。

「俺……恥ずかしい。それに情けないです」

恥じ入り悔いる姿に、棚田は気の毒になってきた。

「若い頃にはほら、色々とあるものだから」

「可愛い子だったから一目惚《ひとめぼ》れで、そういう女の子だってわかってても、もうすごく好きになっちゃって……俺が悪いんです」

たとえそうだとしても、彼が負わされかけている代償は大きい。止まらぬ涙を拭ってやっていると「先生」と彼の唇が動いた。

「ありがとう」

目尻を拭う手が止まった。

「先生が傍《そば》にいてくれると、俺……安心します」

家族の居場所もわからず、手足も動かないこの状況。若い青年が不安になっても当然だった。

「先生って、おいくつですか？」

天井を見つめたまま、彼が聞いてくる。

「三十四ですよ」

「俺よりちょうど一回り上なんだ。医者って素晴らしい仕事ですよね。俺も昔、医者になれたらいいなと思って医大を受験したことがあるんです。でも落ちちゃって……結局、滑り止めに受けてた大学の経済学部に進学しました。けどやっぱり医者に憧《あこが》れがあって、医療ドラマとかよく見てるんです」

「ドラマは誇張されてますよ。実際は地味な仕事です」

「俺は自分がこうなってみて、改めて医者って凄《すご》いなって感じました。……俺の手術は、先生がされるんですか」

「私と、あと数人の医師で行います」

「それを聞いて安心しました。俺、先生になら全て任せられます」

彼はスッと目を閉じる。性格も西山に似て、とても素直でかわいらしい。若い頃によくある恋愛の過《あやま》ちで、その程度のことで彼だけが不幸になることはない。オペは絶対に成功させたい。いや、成功させる。信頼に結果で応《こた》えたい。

「話を少し戻しますが、親しくしている方でどなたか手術の説明を一緒に聞いてくれそうな人はいませんか？」

松雪は考え込むように目を細める。親族がいなくても、手術説明は信頼できる第三者に同席してもらいたい。……ふと棚田は気づいた。

「松雪さんは、大学生ですよね」

「はい、四年生です。三年の後期で単位は殆《ほとん》ど取れたので、残っているのはゼミと卒論だけです。就職も決まっています」

「ゼミの先生にお願いすることはできないでしょうか」

松雪は「あぁ」とため息をついた。

「俺のことを可愛がってくれてる先生だけど、引き受けてくれるかな……」

ゼミの教授の電話番号は、スマートフォンの連絡先を見ないとわからないと言われた。松雪が怪我《けが》をした時に着ていた服や荷物は、全て病室の個人ロッカーに入っている。スマートフォンもその中にあり、幸い充電が残っていた。指を動かせない松雪のかわりに棚田が画面を開こうとしたが、ロックがかかっている。

「パスワードは double tooth です」

双子の歯？　いや、違う。昔、聞いたことが……。

「八重歯《やえば》ですか？」

松雪はにこっと笑った。

「俺、女の子が笑った時にチラッと見える八重歯が好きなんです」

棚田も女の子が笑った時にできるえくぼが好きだが、それは言わなかった。連絡先からゼミの教授の番号を探し、かける。松雪が自分で説明をすると言うので、繫《つな》がった後は本人の耳許に添えた。

ゼミの教授は夕方、早速来てくれることになった。それはよかったが、もう一つ気になることがあった。両親の援助も、親戚もいない彼。これまでは奨学金やアルバイトで暮らせていたとしても、今度はそこに治療費がのしかかってくることになる。切り出すのは気まずいが、金の話もしておかないといけない。

「大変な時にこういう話をするのも何ですが、手術や入院にはどうしても費用がかかります。保険はききますが、それでも学生さんには大金になる。ですがこれからの将来を考えた場合、今は治療を最優先するべきだと思います。もしよかったら、うちのソーシャルワーカーを紹介させてもらいますが……」

「お金は大丈夫だと思います。実は卒業旅行で海外へ行きたいと思って、一年生の時からずっと貯金をしてたんです。そのお金が八十万ぐらいあって……この感じだともう行けそうもないし、それを使います」

旅行を楽しみに四年間も貯金をしていたと思うと、気の毒になる。けれどそれをいざという時の治療費にできるというのは、皮肉な幸運だ。

「君は偉いですね」

心からの言葉に、彼は「そんなことない、俺はバカです」と自嘲《じちょう》気味に笑った。


病棟の面談室にいたのは、こげ茶のスーツを着た五十前後の小太りの男だった。棚田が入ると、男は椅子から立ちあがり「どうも。神南《じんなん》署の手塚《てづか》と申します」と頭を下げる。円形に禿《は》げた頭頂部に下がりすぎの目尻。猫背気味の背中に、ドラマで見るベテラン刑事の威厳はない。

「お医者さんは忙しいんでしょ、すみませんねぇ」

手塚はもう一度、頭を下げる。

「いえ、大丈夫ですよ。今は当直明けの勤務外なので」

手塚は「こりゃあ」と大きくのけぞった。

「仕事が終わっても職場に残っているんですか？　大変ですなぁ」

「いつもこんな感じですから」

当たり障《さわ》りのない話をしながら、棚田は手塚の向かいに腰掛けた。四・五畳ほどの狭《せま》い部屋で、テーブルが一つと椅子が四脚。五、六人入ると圧迫感が半端ないが、入り口の向かいにある明かり取りの窓が閉塞感を幾分か和らげていた。今はその窓から西日が差し込み、自分の影が長く床に伸びている。

松雪と話をした後、ナースステーションで明後日の手術の指示書を出してから医局へ戻ると、先輩の茂木に「教授が探してたぞ」と言われた。心臓がスッと冷たくなる。何もやらかしてないよなと自問自答しつつ、おそるおそる教授室へゆくと、何のことはない……警察から捜査の依頼がきているので、患者のプライバシーに十分配慮して協力するように、とのことだった。

それから一時間ほど経った頃、事務受付から刑事がきたと知らされた。受け持ち患者が転倒し、勤務外ではあるものの処置をしていたので手が離せず、面談室で少し待ってもらっていた。

手塚は「さて」と背を伸ばした。パイプ椅子がギシリと軋《きし》む。

「さっそく本題に入らせてもらいますが、こちらの病院に松雪颯太さんが入院されていますよね」

「あ、はい」

「彼の怪我はどんな具合ですかね？　教授に詳しい話は主治医に聞いてくれと言われてるんですが」

「意識ははっきりしていますよ。話もできます」

手塚は「フンッ」と鼻を鳴らし、腕組みした。よくよく見ると、黄緑色のネクタイのちょうど真ん中に茶色のシミがある。……気になる。

「では、命に別状はないということですか？」

歩けるか歩けないかの瀬戸際《せとぎわ》にいるが、今日明日で命がどうこうというレベルで急変することは多分、ない。

「詳しい病状については個人情報になりますので、松雪さんから刑事さんに教えてもかまわないと許可が出たらお話しします」

「ん……あぁ、そうですか。じゃあまた後で」

面倒くさそうな顔で、後頭部をガリガリ掻いている。患者のプライバシーなので、本人の許可がなければ病状の話もしない方がいいと咄嗟に判断したが、ガードが堅すぎるだろうか。

「先生は松雪さんから事故の状況を聞いていますか？」

「顔見知りの男に階段で押されたとだけ。犯人は捕《つか》まっているんですよね？」

「身柄は確保しています。今回、私が松雪さんに話を聞きにきたのは、一つは事故の状況の確認、あともう一つ別件がありましてね」

「別件？」

「松雪さんに危害を加えたのは川口勇気《ゆうき》という男なんですが、その妹、川口舞《まい》が一ヵ月ほど前から行方不明になっていましてね。川口は松雪さんが妹のそれに関与していると主張してるんですわ」

加害者の妹。松雪の話によると、複数の男と同時に付き合う尻軽な女の子で、暴力団員とも付き合っていたという……。

「先生？」

手塚が棚田の顔を覗《のぞ》き込《こ》むように首を傾《かし》げた。

「もしかして先生は川口舞の件について何かご存知ですか？」

相手に気取《けど》られるほど、自分は挙動不審だったのだろうか。

「あ、いや……」

あの話をした方がいいんだろうか。しかし守秘義務があって……いや待て、これは事件の捜査だ。自分の発言は、松雪にとってマイナスにはならない。それどころか、もし彼が疑われているなら無実を証明する手立てになる。

「加害者の妹と付き合っていたというのは、松雪さんから聞きました」

手塚がテーブルの上に這いつくばって身を乗り出す。

「他に何か話してましたか？」

「加害者の妹は、その……複数の男性と同時に付き合っていて、それが嫌で自分から別れたと」

手塚は「ほう」と相槌《あいづち》を打つ。

「加害者は妹を溺愛していたので、妹を振った自分を恨んで暴行したんじゃないかと話してました。それ以前にも、加害者から無言電話の嫌がらせを受けていたそうです」

胸ポケットから小さなノートを取り出してテーブルに置き、手塚はミミズがのたくったような悪筆で書き付けた。

「松雪さんはもう別れているのに、なぜ加害者の妹の件に関係したと疑われているんですか？」

手塚はノートを閉じた。

「川口舞は行方不明ですが、誘拐《ゆうかい》と決まったわけじゃありません。単なる家出で、ひょっこり帰ってくる可能性もある。まぁ色々な証言があるので、今はそれを一つ一つ、確かめていっているところですかね」

「その加害者の妹が付き合った男性の中に一人、問題のある人物がいたようです」

少し首を傾げ、手塚は再びノートを開いた。

「問題というのは、具体的にどういうことですかね？」

「松雪さんはまずい筋という言い方で言葉を濁してましたが、暴力団員とか……そんな反社会的なニュアンスを感じました。もしその女性がトラブルに巻き込まれているなら、問題のある人物との間に何かあった可能性のほうが高いと思います」

手塚は「なかなか興味深い話が聞けました」とノートをスーツの胸ポケットにしまった。その後、手塚を面談室に待たせて松雪の病室に行き、刑事が話を聞きたがっていることを伝えた。

「刑事さんを部屋に通して下さい。俺も話を聞いてもらいたい」

その表情は静かだったが、凛《りん》とした横顔には自分の身に降りかかった理不尽な事柄に対する怒りが滲《にじ》み出ていた。

二つ下の後輩医師が九月末で退職し、父親の経営する富山の病院に戻ることになった。駅近の小さな居酒屋を借り切っての送別会がはじまったのは一時間前。最初は空席が目立っていたが、どしゃ降りで足許が悪いにもかかわらず、残業を終えた同僚や看護師が次々と駆けつけ、どんどん賑《にぎ》やかになっていった。

後輩は手先が器用で、腰も低くよく働いた。上の人間からも可愛がられていたし、病棟でも人気があり、送別会には普段顔をみせない看護師の姿もあった。

「棚田先生」

看護師の宇都宮が隣にやってくる。仕事中はいつも髪をひっつめたヘアスタイルだが、下ろすと雰囲気が違って女性らしい色気が滲み出てくる。カットソーにジーンズとシンプルな服装は、清潔感がありよく似合っていた。美人だし、最初に見た時からいいなと思っていたが、棚田の同期と付き合い始めてしまった。仕方がないと諦めていたら六年ほど交際した後に二人は別れた。宇都宮は今、元入院患者だった車のディーラーと付き合っていると人づてに聞いている。

「茂木先生って来ないんですか？」

「多分ね。忙しそうだったし」

宇都宮は「栗崎《くりさき》さんのことがショックだったんでしょうか」と目を伏せる。

「それもあるかもしれないね」

茂木の受け持ち患者の栗崎泰三《たいぞう》が夜中に亡《な》くなった。巡視に行った看護師が見つけた時には、既に冷たくなっていたらしい。頸椎の前方固定術から一週間ほど経ち、経過も順調だった矢先の急変だった。

当直医は蘇生《そせい》を試みるも、家族の到着を待って二十分ほどでやめた。原因不明の急死ということでCT撮影もしたが、脳や心臓に出血や梗塞《こうそく》の所見はなく、原因はわからない。喀痰《かくたん》が喉に詰まったことによる窒息も考えられたが、気道を塞ぐ貯留物もなし。だが蘇生の処置中に取れた可能性もあった。

遺体解剖は「体を切り刻むのは可哀想だし、今まで十分がんばってきたから」と家族が拒否。家に連れ帰った。栗崎は八十三歳で、三年前に脳梗塞をわずらい、麻痺と失語があった。

茂木は研修医の頃から十年近く栗崎を受け持っていて「泰さん」と下の名前で呼ぶほど仲がよかった。栗崎が脳梗塞をおこして救急で担ぎ込まれた時も、他科なのに真っ先に駆けつけていた。タイミングの悪いことに昨日の当直医は茂木とそりのあわない医師で、看護師は「担当の茂木先生を呼びましょうか」と声をかけたが「もう亡くなっているし、意味ないでしょ」と連絡しなかった。

出勤してきて、そこではじめて栗崎の死を聞かされた茂木は呆然《ぼうぜん》としていた。それに当直医が「術後一週間も経ってるのに、急変なんておかしいでしょ。いくら高齢とはいえ、何か兆候はなかったの」と声高《こわだか》に責め、更《さら》に追い打ちをかけていた。

前日まで元気だっただけに栗崎の死はショックだった筈《はず》だが、茂木はその日の仕事を淡々とこなした。そして医局で棚田と二人きりになると「手術しない方が、泰さんはもっと長生きできたかなあ」と涙ぐんでいた。棚田は「栗崎さんぐらいの歳だと、いつ何がおこってもおかしくないですよ」と慰めることしかできなかった。

「栗崎さん、可愛いおじいちゃんでしたよね。いつもニコニコしてて……」

遠くを眺《なが》め、宇都宮はぽつんと呟く。香水でもつけているのか、細く白いうなじからは甘い匂いがする。

「そういえば松雪さんなんですけど、痛みや痺れの訴えが多いですよね」

勢いよく振り返られ、棚田はゴクリと唾を飲み込んだ。見つめていた決まり悪さを、コホンと小さな咳払《せきばら》いで誤魔化《ごまか》す。

「あぁ、そうだね」

松雪が頻繁《ひんぱん》に痛み止めを使っているという報告は受けている。症状が増悪したのではないかと気になって検査をするも、目立った異常は見られない。気にはなるが、ひとまず経過を見ている。そろそろ六人部屋に移ってもいい頃だが、本人から「夜、人の気配が気になって眠れなくて」という訴えがあるので、なかなか動かせずにいる。経済状況を考えると、料金が大幅に加算される個室は勧められない。

頸部を固定する手術のあと、翌々日から松雪はリハビリを開始した。一度、完全麻痺になったとは思えないほど回復は早く、リハビリをはじめて四日目には、痺れがありつつも立ち上がり、室内であれば歩けるようになっていた。ここまで経過が順調な例も珍しく、棚田は今度、学会で松雪の事例を取り上げようと考えていた。教授も松雪の経過には注目している。

「彼はとても繊細だから、痛みや痺れに敏感なのかもしれないね」

宇都宮はしばらく黙っていたが、上目遣《うわめづか》いに「あの……」と切り出した。

「主治医の棚田先生の前でこういうことを言うのも何ですけど、松雪さんが痛みがあるっていうの、ちょっと変じゃないかって思うことがあるんです」

棚田は「変って、具体的にどういうこと?」と問い返す。宇都宮は「本当は痛くないんじゃないかなって」と切り出した。

棚田は笑った。

「痛くないのに痛いなんて、そんな嘘をつく必要ないじゃないか」

「そうなんですけど」

宇都宮は歯切れが悪い。

「痛いって言っていれば、みんな構ってくれるからかなって」

「松雪さんは小細工をするようなタイプじゃないでしょ。素直で良い子じゃないか」

痛みや痺れの程度が気になるので、棚田は毎日、松雪の病室に顔を出していた。彼はいつも「先生」と嬉しそうな笑顔で迎えてくれる。痺れがなかなか取れない手足が気になるらしく「俺、大丈夫でしょうか」と気弱になることもあり、その都度「松雪さんの経過はとてもいいですから。痺れも長い目でみていってください」と励ましている。

「自分の受け持ち患者だけど、私ああいう子ってあまり好きじゃなくて」

宇都宮は普段、人の悪口など言わない。十分ごとにナースコールを押していた爺さんの時でさえ「きっと寂しいんですよ」と嫌な顔一つせずに対応していた。

「それに松雪さん、嘘をつくから」

棚田は首を傾げた。

「彼、夜眠れないって訴えがあるんですけど、巡視で回った時っていつもちゃんと寝てるんです。それなのに朝になったら『昨日は眠れなかった』って言ってくる。こっちが『寝てましたよ』って教えても『その時は、たまたま目を閉じてただけだ』って。寝息もしっかり聞こえてたにもかかわらずです」

「それって眠りが浅くて熟睡感がないってことじゃないの？　それを嘘なんて言っちゃ可哀想だよ」

「それだけじゃないんです。言ってることも適当っていうか。この前、下膳《げぜん》に行ったら、松雪さんが魚を残してたんです。魚は嫌いなんですかって聞いたら、鯖《さば》のアレルギーがあるからって。アナムネを取る時にアレルギーのことも聞いて、その時は何もないって言ってたから驚いて。アナムネのアレルギーの項目を修正して、給食部にもすぐ鯖禁の連絡をしました。大雑把《おおざっぱ》な人っているから、他にも何かアレルギーがあるんじゃないか気になって、次の日に鯖の他にアレルギーはないですかって聞いたら、アレルギーなんてないよって言うんです。けど昨日、鯖がアレルギーって言いましたよねって問い詰めたら、勘違いしてたって……」

「本当に勘違いしてただけじゃないの？」

「そんな大事なこと、昨日の今日で勘違いしますか？　それだけじゃない。細かなことだけど他にも色々あって……松雪さんが何か気持ち悪いって言ってる看護師は私だけじゃない、他にもいます」

愚痴ぐらい聞き流そうとしていたが、流石《さすが》にムッとした。

「気持ち悪いっていうのは、個人的な感情だよね。それで毛嫌いするのは、患者さんに対して失礼じゃないの？」

宇都宮はキュッと口を引き結んだ。

「彼、リハビリを頑張ってるだろう」

「それは……そうですけど」

「頑張ってる松雪さんを、些細《ささい》な勘違いで言いがかりをつけて差別しないでほしい」

宇都宮はしばらく黙り込んでいたが、ツンと顎を突き出し「わかりました」と、冷《さ》めた口調《くちょう》で告げた。そしてスックと立ちあがり、これ見よがしに棚田の傍を離れていく。患者の悪口は言うし、そのことを謝りもしない。今日の宇都宮は感じが悪い。気分よく回っていた酔いが、一気に醒《さ》めた。

一次会は十一時過ぎに終わり、二次会はカラオケだった。棚田も誘われたが、歌が下手なので丁寧《ていねい》に断る。最後まで宇都宮とは話をしなかった。

雨はあがったものの、空気は湿気《しけ》てどことなく肌寒い。タクシーでマンションに帰った自分を迎えてくれるのは、掃除を放棄した汚い部屋。ソファに積もる汚れた服やビニール袋を払い落とし横になった。寝そべったままリモコンでテレビの電源を入れる。ニュース番組に合わせると、アカデミー賞を受賞した海外の有名俳優が事故死したと報道されていた。宇都宮と嫌な雰囲気になり、その憂《う》さを晴らそうとして少し飲み過ぎた。頭の中はふわふわし、体の力は抜けてソファと同化していく。このまま目を閉じたら風呂にも入らず、歯も磨かないで寝てしまいそうだ。

『……昨日未明、××の山中で一部白骨化した女性の遺体が発見されました。死後一ヵ月以上経過していると見られ……』

死体の発見現場は、近くもないが遠くもない場所。昼もこのニュースがトップで報道されていた。その時は遺体の頭部がまだ見つかっていなかった。最近、こういう猟奇的な事件って多いよなと思いながら、棚田は小さく欠伸《あくび》をした。

『……捜索の結果、遺体の発見現場から五十メートルほど北の山中で女性のものと思われる頭部が発見されました。遺体は都内に住む大学生、川口舞さん（十九歳）のものと判明し……』

画面上に映し出された被害者名のテロップに、目が釘付けになった。忍び寄ってきていた眠気も吹っ飛んでいく。かわぐちまい……松雪と付き合っていた女の子がそういう名前だった。同姓同名の別人だろうか。事情聴取に来た刑事が、川口舞は一ヵ月ほど前から行方不明だと話していた。時期的に合ってる。やっぱりその子なんじゃないのか。行方不明でも誘拐でもなく……殺されてたということか。

名前を聞いただけとはいえ、知っている人間が殺された。殺人なんかの重大犯罪は、自分には縁のないものだと思っていたのに、身近でもあるんだと、他人事じゃないんだと気づかされる。それにしても首を落とす、山への遺棄と残酷で雑な殺し方は、暴力に慣れた人間の関与を想像させる。

松雪はこのニュースを知っているだろうか。別れたとはいえ、一度は好きになり、付き合った女性がこんな可哀想な殺され方をして、ショックを受けているんじゃないだろうか。彼が繊細で優しい青年だけに、気になって仕方なかった。

翌日は整形外科の外来日で、棚田は午前を担当していた。いつもの如《ごと》く診察が長引いて後ろにずれ込み、外来が終わって病棟に顔を出せたのは午後二時過ぎだった。松雪の病室を覗くと、ベッドの上に腰掛け、スマートフォンを弄《いじ》っている。棚田に気づくと「先生、こんにちは」とニコッと微笑《ほほえ》む。その笑顔を見ただけで、外来での疲れが癒《いや》されていく。

「具合はどうですか？」

松雪は少しだけ首を傾げ「変わりないです」と目を細めた。

「夜は眠れてますか？」

「はい。昨日は一人だったので、ゆっくり眠れました」

前の日の夜は、隣にいた栗崎が急変し亡くなっている。看護師や医師、家族が何度も病室を出入りし、随分と騒々しかっただろう。それに栗崎は鼾《いびき》がけっこう酷《ひど》かった。松雪から文句は聞かなかったが、以前入院していた時は同室者から「あの爺さんの鼾は我慢ならん。病室を替えてくれ」というクレームがきて、部屋替えをしたこともある。

「リハビリはどんな調子ですか？」

「歩く距離は少しずつ長くなってます。指先はピリピリするけど、スマホ弄るのは平気だし」

スマートフォンをタップする松雪の右手の甲は赤紫色で、点滴漏れの痕が痛々しい。術後の輸液が漏れたものだが、なかなか治らない。

「そういえば先生、今朝ニュースを見ましたか？」

川口舞が殺された事件が脳裏を過《よ》ぎる。松雪はあの事件をまだ知らないかもしれない。自分が教えることでショックを与えるのではないかと思うと、事件を話題にするのは躊躇《ためら》われた。

「朝は忙しくてなかなか……」

さりげなく誤魔化す。

「俺を階段から突き落とした川口の妹で、前に付き合ってたことのある舞って子が殺されてました」

松雪は淡々と語る。最初に嘘をついてしまったので知っていたと言えなくなり「えっ、そうなの？」と棚田は自分でもうんざりするほど下手な芝居を打った。

「殺されて、山の中に捨てられてたそうです。死後一ヵ月ぐらい経ってるって」

「そ……うなんだ。若いのに、可哀想だね」

松雪は泣き出してしまうのではないかと思ったが、予想に反して黒い瞳はまっすぐに棚田を見つめた。

「こういうのって、天罰って言うんでしょうか」

意味がわからず、棚田は「天罰？」と口の中で反芻《はんすう》した。

「一度に何人もの男と付き合ったり、嘘をついたり、兄は兄で俺にこんな酷い怪我をさせた。悪いことばかりしてるから、あんな目に遭ったんじゃないかな」

とても同意できる内容ではないが、松雪は真顔だ。一度は好きになり、付き合ったことのある子に対して、驚くほど冷酷でゾクリとする。

「女の子にも反省すべき点はあったかもしれないけど、それでも殺されることはなかったんじゃないかと思うよ」

すると松雪は不満げに眉を顰《ひそ》めた。

「けど俺も、下手したら死んでたかもしれないんですよ」

言葉が重い。全身麻痺や死という言葉は、松雪のすぐ傍にあった。それを思うと、無事に回復しつつあるとはいえ、自分を不幸にしようとした兄妹に同情するのは、感情的に無理なのかもしれない。

許せないという松雪の考え方が普通なのだろうか。棚田の中では、松雪は優しく繊細なイメージで、容赦のない冷たさは普通に、俗っぽく感じられた。

ドカドカと騒々しい足音が近づいてくる。仕切りのカーテンの向こうからTシャツに短パン姿の背の高い男が「どーも」と姿を現した。

男は棚田に気づくと、慌てた顔で「今、診察中？　俺、ヤバいとこ来ちゃった？」

とじりじり後ずさった。松雪と同い年ぐらいに見える。友達だろうか。せっかくの面会を邪魔してはいけない。

「じゃあ松雪さん、また後で」

棚田が会釈《えしゃく》すると、松雪は「ありがとうございます、先生」といつものように、丁寧にお辞儀をした。棚田が去り際「頼まれてた充電器、買って来たし」と男が紙袋から箱を取り出すのがチラリと見えた。

松雪のスマートフォンは、入院した翌々日に充電が切れた。ゼミの教授の奥さんという人が手術に必要な物品を買ってきていたので「あの方にアパートから充電器を持ってきてもらってはどうですか？」と提案したが、松雪は拒んだ。

「俺、部屋が汚いから人を上げたくないんです。それにゼミの学生ってだけで、何の関係もない俺の世話をさせられてるから、申し訳なくて。手術に必要なものは仕方ないけど、それ以上の我儘《わがまま》は言えません」

どこまでも控えめでいじらしい姿は、猛烈にどうにかしてやりたいと思わされた。若者にとって、スマートフォンは重要な連絡ツールだ。それがないと友達に連絡もとれない。棚田は随分前に買って使っていなかったスマートフォン用の外付けバッテリーを松雪に貸した。患者に、個人的に何か買い与えるのは問題だが、貸し出すぐらいなら大丈夫だろうと判断した。

松雪は大喜びし「ありがとうございます」と目を潤ませた。手術後に手足の動きが徐々に戻ってくると、さっそく松雪はスマートフォンを使い始めた。それが腕へのいいリハビリになった。コンセントは少し高い場所にあるので、動けない間は看護師に頼んで充電してもらっていた。

バッテリーを充電して、それをまたスマートフォンに充電と二度手間なので、友達に買って来てもらったのだろう。ゼミの教授の奥さんよりも、気心の知れた友達の方が個人的な買い物を頼みやすいというのはまぁ理解できる。

ナースステーションに入ると、待っていましたとばかりに若い看護師に捕まった。棚田の受け持ち患者の家族が病状の説明を聞きたがっているという。ちょうど面会に来ているらしく、患者も含めて面談室にきてもらった。三十分ほどかけて丁寧に経過を説明すると、家族は「よくわかりました。先生、どうもありがとうございます」と納得した顔で帰って行った。

面談室を出てナースステーションに戻ると同時に、プルルッと電話の呼び出し音が聞こえてきた。看護師は出払っていて誰もいない。救急からのヘルプじゃないといいなと思いつつ、棚田は電話をとった。

相手は外来師長で、電話を受けたのが棚田だとわかると「ちょうどよかったわ。見舞客が院内で転倒して腕を強打したの。骨折の可能性があるからちょっと診てほしいんだけど」と言われた。時刻は午後四時過ぎ。今日の外来は午前中だけなので、外来看護師はとっくに帰ってしまってアシストもいない。時間外は面倒だなと思っても、院内の怪我なので他の病院へ行けとも言えず、棚田は仕方なく整形外科の外来へ戻った。

西日が斜《なな》めに差し込み、オレンジ色になっている外来の待合室に、男が一人座っていた。俯《うつむ》き加減のその顔は、貧血かと思うほど青ざめている。どこかで見たなと首を傾げ、松雪の見舞客だと気づいた。

厳しいことで知られる平たい顔の外来師長は、不機嫌な態度を隠しもせず「スマートフォンをしながら歩いていて、ゴミ箱にぶつかって転倒したそうです」とこれ見よがしに言ってのけ、涙目の男を更に縮こまらせていた。

若い男は西条《さいじょう》という名前だった。痛いという右の肘《ひじ》関節をレントゲンで撮影してみる。脱臼はあるが骨折はない。肘関節を軽く屈曲し、後ろに押し下げると、簡単に骨は入った。西条の眉間から皺《しわ》が消え「あっ、痛くない」と声があがる。念のためにもう一度レントゲンを撮って確認すると、きれいに嵌《はま》っていた。

「スマートフォンをしていて、転倒、転落、車にはねられたという事故はとても多いんです。打ち所が悪くて、亡くなった人もいますし」

カルテを入力しながら、叱られた子供のように俯いている西条に棚田は説明した。

「歩いている時はスマートフォンをしないほうがいいです。どうしてもという時は、立ち止まって道の端に寄ってください」

「……はい」

実際に痛い思いをしたのが効いているのか、返事も素直だ。カルテの入力も終わったし、診察室も閉めたい。外来の待合室に移動してもらおうかなと思っていると「センセって、松雪の担当ですよね」と聞かれた。

「はい、そうです」

「やっぱなぁ。そうかなって思ったけど、さっきは何かもう腕がメチャ痛くて、それどころじゃなかったっていうか。あのブルドッグみたいなオバサンは偉そうだし、怖いしさぁ。俺、脱臼したの初めてだけど、こんな痛いんすね。マジ地獄」

それまでしおらしかったのが嘘のように、西条は機関銃の如く喋りだした。ブルドッグみたいなオバサンとは、外来師長のことだろうか。あんまりな暴言に、本人が近くにいないか視線を走らせ確認してしまった。

「松雪とはゼミが一緒ってだけで、あんま付き合いないんだけどね。あいつ、階段から落ちてヤバイってラインで回ってきて、どんなことになってんだろって思ったけど、何か大丈夫っぽいし。ま、よかったんじゃないのって感じで」

西条の口調は果てしなく軽く、松雪の状態も大したことがないと思っているようだ。実際は劇的な改善で、奇跡の領域といってもいいレベルだが、そういうことは医療従事者でなければ実感できないのだろう。

「昨日『スマホの充電器を買って来て欲しい』ってあいつから連絡が来て、どうして俺に言うよって思ったけど、別にまぁ暇だったし、前にノート借りたし。あいつ、彼女のことで落ち込んでるんだろうなーって思ったら、別にそうでもないし。何か俺の方が凹《へこ》んでるっての」

西条は、フーッと息をつき「あっ」と顔を上げた。

「センセは知らないかぁ。今、ニュースで女子大生が殺されたってやってんでしょ。あれ、松雪の彼女。マジ悲惨だよね。付き合い始めたばっかだったし、人前でもベタベタしてたのにさ。けどあんなんなっても、割とあいつクールなんだよね。こんな近くで知ってる子が殺されて、俺のがショックっていうか。犯人とかまだ捕まってないしさぁ」

男の癖によく喋るし、その喋り口調が気になって仕方ない。今年医局に入った研修医に一人、似たような喋り方をする奴がいて、茂木に正しい敬語から叩き込まれていた。

「殺された子、舞って言うんだけど、可愛かったんだよね。ちょっとシャイだけど、一年の中でかなり目立っててさ」

殺された子は男関係がだらしないと聞いていたので、西条がシャイと言ったのが意外だった。二面性がある……男によって態度を変えるタイプの女性もいるので、そのパターンだろうか。

「松雪は喋りが上手いから、いつも美味《おい》しいとこサクッと持ってくっていうか。こいつマジムカつくみたいな。けどいっつもすぐ別れんだよね。あいつ、付き合っても長続きしないから。人当たりいいし、たまーに遊ぶならいいけど、人によって言うこと変えるし、嘘つくしさぁ。人として駄目な感じ。ゼミの奴らはもうわかってるから、あんま関わらないようにしてるし。けどあいつ、高校の時は弁護士になろうとしてたって言うだけあって頭だけはメチャャいーんだよね」

「弁護士？」

「法学部受験したけど駄目だったんだってさ。口が上手いあいつにぴったりじゃんて思ったわ」

入院して間もない頃、松雪は「医者になりたかった」と自分に語った。医者と弁護士。どちらが本当なんだろう。正解はどうでもいいが「人によって言うことが違う」のは気になった。

西条のスマートフォンから電子音が響いた。目の前に相手がいても平気、断りもなく画面を開く。この間をどうしようと思っていると「はいこれ」と西条がスマートフォンを差し出してきた。

「この真ん中のが、松雪の彼女」

見せて欲しいとは一言も言ってない。だが好奇心を抑えきれず、覗き込んでいた。川口舞は黒いストレートの髪に、化粧っ気のない顔をしていた。パーツは整っているが、全体的に地味で大人しそうな印象だ。何人もの男を手玉に取るタイプには見えなかった。しかし、人は見かけによらない。

カメラを意識した、はにかんだ川口舞の笑顔を見ているうちに気づいた。薄く開いた唇の端からは、鬼子《おにご》のような八重歯がチラリと覗いていた。

その日は当直明けで、昼過ぎに仕事が終わった。宇都宮も同じ夜勤だったが、仕事上必要な話はしても、雑談の類《たぐい》は一切しなかった。一週間ほど前の飲み会で気まずくなってからずっと、微妙な雰囲気が続いている。

松雪の話をしたいと思っても、宇都宮の一線を引いたよそよそしい態度に、棚田は上手く話を振ることができなかった。

松雪の病室には毎日、顔を出している。自分の目に映る松雪は、いつも笑顔で礼儀正しく、傍にいると癒される……繊細で気遣いのできる好青年だ。それなのに西条の話が頭にチラついて、松雪は何も変わっていないのに、その笑顔は金メッキなんだろうかと疑うようになっていた。金メッキなら金メッキで、自分の前でそれが剝《は》がれなければ問題ないのだと言い聞かせてみる。

あれから松雪と川口舞の話はしていない。松雪も話題にしないし、こちらから敢《あ》えて話を振ることもない。テレビは、少しも進展していない猟奇的事件の捜査状況を、繰り返し報道していた。

白衣を脱いでロッカーに置き、棚田は俯き加減に病院のエントランスを抜けた。外はスコンと抜けるような青空で、明るい日差しが夜勤明けの瞼に滲《し》みる。タクシー乗り場を過ぎたところで、私服の宇都宮が目の前をスッと横切った。こちらに気づくと、他人行儀に小さく会釈する。

「お、お疲れ様」

たかが挨拶《あいさつ》なのに、声をかけるのに勇気が必要だった。宇都宮は「お疲れ様でした」と感情の見えない声で返してくる。呼び止めたわけではないのに、立ち止まってこちらを見ている。何か話さないといけないという気持ちに急《せ》かされて「松雪さんのことなんだけど」と切り出した。

「十月から授業がはじまるので、それに間に合うよう来週ぐらいに退院を考えてます。彼は一人暮らしで、帰っても誰にも世話をしてもらえない。ある程度、日常生活ができるようになってからの退院がベストで、もう十分にADLは自立したと思うから」

宇都宮は松雪の担当なので、退院が決まれば首に負担をかけない日常生活の指導をしないといけない。

「わかりました」

返事は機械的だ。

「……それから、この前はごめん」

結局、謝ってしまった。宇都宮は小さく首を傾げる。

「送別会の時、少し言い過ぎたかもしれない。あれから色々とあって、宇都宮さんの言うことにも一理あるのかなと思うようになって……」

宇都宮はしばらく無言だった。断罪を待つヒリヒリした沈黙のあと、彼女はフッと息をついた。

「あの時は私もむきになっていました。先生は何年も一緒に仕事をした私よりも松雪さんのことを信用するんだと思うと悲しくなってしまって……拗《す》ねるなんて子供っぽかったですね。すみません」

能面のような表情が消え、宇都宮は決まり悪そうに微笑む。棚田は心がフッと軽くなった。

「松雪さんは嘘をつくって宇都宮さんは教えてくれたよね。確かに彼はその場しのぎの嘘をついてしまうことが多いのかもしれない。けどそれは大きな問題じゃなくて、重要なのは彼の怪我がよくなることだから……」

宇都宮は肩にかけていたバッグの口を開いた。中から何か取り出す。それはスマートフォン充電用のバッテリーだった。

「これ、先生が松雪さんに貸していたものですよね」

「そうだよ。けどどうして君が持っているの？」

「……昨日、松雪さんのゴミ箱に捨ててありました」

棚田は「えっ」と呟いた。

「ゴミ箱にあるのを見つけた時、松雪さんに『棚田先生に借りているものですよね。返さなくていいんですか』って聞いたんです。そしたら『使わなくなったら捨てていいって言われたから』って。それって本当ですか？」

記憶を手繰り寄せて、あの時のやり取りを思い出す。

「使ってないものだし、返すのはいつでもいいとは言ったけど……」

棚田は徒《いたずら》に前髪を掻き上げた。

「その、捨てられても別に困る物じゃないけど……」

宇都宮は「やっぱり」と怒った顔で唇を尖らせた。

「本当はこんなこと、先生に言うつもりはなかったんです。捨てられてたって言っても、信用してもらえない気がして。松雪さんが退院したあとに、病室に残ってましたって先生に返せばいいかって……」

宇都宮は、棚田にバッテリーを手渡した。

「松雪さんは先生の前では愛想よくニコニコしてるけど、心がない気がします。先生が松雪さんのことを思って持ってきたものを、必要なくなったからって勝手に捨てるなんて、感謝も思いやりもない。これだって先生が病室に来た時に『ありがとうございました』ってお礼を言って返せばいいだけじゃないですか。その手間も面倒くさがるなんて、あの子っていったい何なのって。バッテリーを捨てているのを私に見つかった時だって、気まずそうな顔でもすれば罪悪感があるんだろうなって思うけど、松雪さんは適当な嘘をついてやり過ごした。人の気持ちも考えない、嘘ばかりつく人を、私は信用できません」

右手の中のバッテリーが、五百グラムにも満たないそれが、ずしりと重たく感じる。

「寂しいからヤケを言う、病気が辛いから人に意地悪をする……そういう患者さんの心理はわかるんです。けど松雪さんは違う。ずるくて薄情な感じがします」

嫌な話ばかりしてすみません、と謝り宇都宮は先に帰って行った。棚田はしばらくそこに立ち尽くしていたが、眩しさ、暑さに耐えきれなくなり、正面玄関に戻り庇《ひさし》の陰に入った。捨てられていたバッテリーを見つめる。また、松雪が嘘をついた。いや、ついたと聞かされた。人から聞かされる松雪像は揺らいでくるが、自分が知っている松雪は多分、何も変わってない。

「棚田先生？」

くたびれた中年男がこちらに向かって歩いてくる。

「やっぱりそうだ。先々週はどうも」

禿げた頭に下がった目尻。くたびれたスーツに、目につく猫背。外来患者の〝一見《いちげん》さん〟はなかなか覚えていられない。「失礼ですが、どな……」と言いかけ、黄緑色のネクタイについたシミを発見した。思い出した。刑事の手塚だ。

また、松雪に話を聞きにきたのだろうか。今度は何だろう……あぁ、変死体で見つかった女の子のことか。別れたとはいえ、付き合っていたという過去があれば、事情聴取をされても不思議ではない。

「松雪さんに話でしたら、病室に行って本人に直《じか》に交渉してください」

手塚は「いやいや」と首を横に振った。

「今回は先生に話を聞かせてもらえたらと思っていまして」

「私ですか？」

手塚は満面の笑みを浮かべ「はい」と大きく頷いた。

帰るつもりだったのに結局、病院に逆戻りした。病棟の面談室に連れて行こうとしたが「病棟じゃない方がいいですね」と言われ、空いていたので医局の応接室を使わせてもらうことにした。

八畳ほどの広さの部屋は、窓を大きくとってあり明るい。黒いレザーのソファに腰掛けると、手塚はその柔らかさに感心したように「ほぅ」と目を細めた。

「ここでのんびりコーヒーでも飲めたら極楽ですが、そうもいきませんな。……さて、この前、松雪に話を聞いた時はベッドに寝たきりでしたが、今はどんな感じですかね」

この前は松雪も「さん」づけだったが、些《いささ》かぞんざいになっている。自分に話を聞きたいと言っていたのに、やはりメインは松雪だ。

「若いですし、驚異的なスピードで回復していますよ。痺れは残っていますが、歩くこと、手を使うことなどの日常生活に最低限必要なことはできるので、来週に退院を予定しています」

この前は守秘義務にこだわったが、手塚が松雪と直接話せばすぐにわかることなので、教えた。手塚は「来週ですか」と反芻する。

「まぁ、退院は仕方ないですね。……松雪颯太なんですが、川口舞さん殺害事件の容疑者に浮上していましてね」

棚田はゴクリと息をのんだ。心臓がバクバクして、呼吸が小刻みになってしまう。

「事件後、一ヵ月近く経過しているので目撃証言も乏《とぼ》しかったですが、事件当日に松雪と川口さんが一緒に映っている映像がコンビニの防犯カメラに残っていましてね」

「それは、たまたま二人でいたということでは……」

「まぁ、そうですな。一緒にいただけで、証拠はありません」

「犯人は、その子が付き合ってた暴力団員ではないんですか？」

手塚は目をすがめ、フッと息をついた。

「川口さんが暴力団員と付き合っていた、そして複数の男とも関係があったと先生にはお聞きしましたが、川口さんの中学、高校、大学の友人、知り合い、誰に聞いても、川口さんは複数の男と同時に付き合うようなタイプの女性ではなかったと証言してましてね」

「しっ、しかし私は、松雪さんにそう聞いて……」

医者になりたかった、弁護士になりたかった……細かく、ささやかな……どうでもいい嘘。込み上げてきた不安に、棚田は胸を小さく喘《あえ》がせた。

「……その子が暴力団員や複数の男と同時に付き合っていたというのは、もしかして嘘だったんでしょうか」

「先生は察しがいい」と手塚は頷いた。嘘、嘘、嘘。自分はどれだけ松雪に嘘をつかれたんだろう。いや、彼が自分に語った話で、本当のことは「どれ」になるんだ？

手塚は前屈《まえかが》みになり、太股《ふともも》に両肘をついた。

「松雪には川口舞さん殺害容疑の他にも、いくつか不可解な点がありましてね。奴の家族は三年前に捜索願が出ています。しかし父親のクレジットカードは使われているんですよ。履歴を調べたところ、どれも松雪の生活圏でしてね」

「家族は失踪しているのではなく、松雪さんの近所に住んで連絡を取り合っているということですか？」

「いいえ。私らは松雪自身が父親のクレジットカードを使っていると踏んでいます」

それで棚田は腑《ふ》に落ちた。

「父親から譲り受けたんでしょうか。ギャンブル好きで、借金をつくって夜逃げするような父親でも、息子のことは心配だったんですね」

喋りながら、疑問が浮かぶ。松雪は家族がいなくなり、生活のためにアルバイトをしていると話していた。親からクレジットカードをもらっていたなら、アルバイトをする必要などなかったのではないだろうか。

「松雪は捜索願を出す際に、父親がギャンブルで借金を作ったと警察に話していますが、実家の近くに住んでいる人に聞いてみると、松雪の父親は酒、煙草、ギャンブルなど一切やらない、真面目な人物だったとみな口を揃《そろ》えてましてね。息子の松雪颯太は、頭が良い、礼儀正しいという人がいる反面、気持ち悪いという人もいました。山の中で、兎《うさぎ》を切り刻んでいるのを見たとかね」

ゾゾッと、足許から怖気《おぞけ》がせり上がってくる。

「松雪の人柄に関しては、行儀良く真面目、いい加減で残酷と意見が二分してましてね。川口舞の兄は、妹の遺体が発見される前から『松雪は妹を殺した。人殺しだ』と一貫して主張し続けています。松雪のような頭のおかしな男を生かしておくと危ない。だから殺してやろうと思ったんだともね」

棚田は体の震えが止まらなくなってきた。

「その……松雪さんが人殺しだという根拠は何なんですか」

「川口舞は松雪と付き合っていたんですが、奴の部屋に遊びに行った時に、歯を見つけたらしいんですわ」

「歯？」

「どれも先が尖っていたそうなので、犬歯でしょうな。左右が一組ずつ小分けされ、五袋あったそうです。気持ち悪くなって松雪に聞くと、知り合いの歯科医師にもらったと答えたようで」

棚田の脳裏に、川口舞の控えめな笑顔が過ぎる。

「川口舞の遺体は、暑い盛りに一ヵ月近く放置されたことで損傷が激しく、死因は特定されていません。そしてこれはまだ公表されていませんが、死後に左右の犬歯を抜かれたことがわかっています」

全身にブワッと鳥肌がたった。

「この情報は、内密に願いますわ。実は過去にも、殺害後に犬歯を抜かれるという事件がおこっていて、因果関係がないか調べている最中でして」

棚田は震えの止まらない自分の体をかき抱いた。

「ど……うしてそんな話をするんですか。公表されていない情報を、私のような一般人に話していいんですか」

手塚はニヤリと笑った。

「私らは松雪を黒だと踏んでます。ですから先生には、警察の捜査にご協力いただきたいんですわ。捜査に時間がかかっても、松雪が寝たきりなら逃げる心配もないので安心でしたが、先生のお話ですと退院間近ということなんですよね。私らは慎重に動いていますが、今は情報が回るのが早い。もし松雪の動きで気になる……不審な点があれば、すぐにご連絡いただけたらと思います。あぁ、これは強制ではなく、あくまでお願いですので」

息をするたび、胸が震えた。そしてふつふつと怒りが込み上げてくる。

「こっ、こんな話を聞かされて、私がこれから……何の先入観もなく松雪さんに接することができると思ってるんですか」

手塚は、意外そうな顔をした。

「先生は普通にして下さって大丈夫ですよ。医者っていう人種は、嘘をつくのが上手いでしょう。職業柄、本当のことが言えないことも多いでしょうしね」

茂木が交通事故で多発外傷になった患者を受け持った。損傷部位が多い上に車の炎上による火傷《やけど》があり、体位の保持が難しい。消毒はいつも医者二人、看護師二人で二、三十分かかった。同じ脊髄のチームだし、後輩ということもあり頼みやすいのか

「包交を手伝ってくれないか」と棚田はよく声をかけられた。

右足が膝下《ひざした》から先に天国へ行き、火傷は重傷で皮膚科のコンサルを受けている状態だが、少しずつ快方に向かっている。栗崎の死からこっち傍目《はため》から見ても元気のなか

った茂木だが、重症患者を受け持ち、忙しく立ち働くことで気を紛らわせているようだった。

大物の消毒を終え、処置室を出る。廊下を歩いていると「そういえば」と隣にいた茂木が振り向いた。

「お前の受け持ちの松雪さん、明後日退院だったな」

今朝のカンファレンスで、松雪の退院の話がでた。四肢の痺れはあるものの、歩行は問題なくできる。明日もう一度ＭＲＩを撮って、それが問題なければ明後日に退院が決まった。退院してからも外来での定期的なフォローと、頸椎カラーの装着はしばらく続けてもらわないといけないが。

「完全麻痺からよく回復したよ。うちであそこまで回復した症例、初めてだろ。あんな風に元気になってくれるなら治療のしがいもあるし、医者冥利《みょうり》に尽きるってもんだ」

人の患者ながら、茂木は嬉しそうだ。

「松雪さん、若いのに言葉遣いも丁寧だし、礼儀正しいだろ。若いのがみんなあんな風だったら、日本の未来は明るいんだけどなぁ」

……茂木は松雪の骨の写真と、血液データしか見ていない。病棟でもごくたまに言葉をかわす程度だろう。松雪が殺人の容疑者としてマークされていることなど知らない。

廊下の向こうから患者がやってくる。院内の寝衣は淡い水色に統一されているので、入院患者は一目瞭然だ。近づいてくるとそれが誰なのかわかってしまい、棚田は心の中で身構えた。

「棚田先生、茂木先生、こんにちは」

頸椎カラーを首に巻いた松雪が、愛想良くにこりと微笑む。

「調子良さそうだね。どこに行ってたの？」

茂木が軽い調子で話しかける。

「売店へアイス買いに」

松雪の右手で、小さなビニール袋がカサカサと音をたてる。松雪は棚田に視線をあわせると「宇都宮さんに聞きました。俺の退院、明後日に決まったんですよね」と嬉しそうに口許を綻ばせた。

「明日ＭＲＩを撮って、それの結果次第だけど、多分大丈夫だと思うよ」

警戒していると悟られぬよう、普段通りに喋る努力をする。

「やった」

松雪は、両手を胸の前でグッと握りしめる。男にしては細い指。細い体。華奢なこの男が、本当に人の首を切り落とすなんて残酷なことをしたんだろうか。

「明後日だったら、ゼミにも休まずにいけます」

「退院してすぐまた勉強か。君、偉いね」

茂木が感心した表情で頷く。

「学生の本分は、勉強ですから。……ってかっこいいこと言いたいけど、本音を言うと早く友達に会いたいんです」

おどけたようにぺろっと舌をだす。

「君、友達とか多そうだものね」

二人の、他愛のないやり取りが続く。宇都宮に、松雪が入院してから訪れた見舞客は、三人だと聞いている。ゼミの教授と妻、そしてスマートフォンの充電器を持ってきた西条。友達が多いなら、入院中にもっと面会に来ていただろう。嘘ばかりつくから敬遠され、大怪我だったのに殆ど見舞いに来てもらえなかったんじゃないのか。深読みする自分の思考を切り捨てる。そんなことどうでもいい。関係ない。

「じゃあまたね、先生。買って来たアイスが溶けちゃうから」

屈託のない笑顔を残し、松雪は奥の六人部屋へと向かった。茂木と二人、病棟を出たところで、棚田の院内携帯が鳴った。病棟の看護師からで、放射線部から至急連絡が欲しいとのことだった。

放射線部に電話すると、松雪のMRIを予約していた時間が、放射線部の入力ミスで他の患者とダブルブッキングしていたという嫌な話だった。

他の患者の方が緊急性が高いので、申し訳ないが棚田の受け持ち患者の撮影を一日後ろにずらしてもらえないかというお願いだった。松雪は退院前の確認で急いでいない。MRIは翌々日に延期になり、それに連動して退院も一日延びることになった。

電話の後、棚田はその足で松雪の病室へと向かった。この件は直接、本人に事情を説明した方がいい。症状の回復した松雪は、先週からナースステーションから一番遠い大部屋に移動していた。

手塚の話を聞いてから、棚田は松雪と心理的のみならず物理的にも距離をとるようにしていた。任意とはいえ「松雪の様子で不審な点があれば連絡を」と手塚に言われているので、日に一度は様子を見に行くが、簡単な診察と当たり障りのない短い世間話だけでサッサと引き上げていた。

あれから何度も人が人を殺すことについて考えた。容疑者だと言われても、疑われる要因があるとしても、棚田は松雪が人を殺すような人間にはどうしても思えなかった。二面性があり、嘘をつくということがわかっても、自宅に犬歯をコレクションしていたと聞かされても、実際に自分が見たわけではない。

　恋人を殺し、首を落として犬歯を抜く。そういった普通では考えられない、残酷なことができる人間は、人を殺しそうな雰囲気が全身から滲み出ているものじゃないのか。

　時折、連続殺人犯が世間を騒がせる。逮捕された輩《やから》は、みんな「殺人をおかしそうな顔」に見えた。そう思うのも「沢山殺した」という先入観だろうか。

　六人部屋は、プライバシーを少しでも確保するためか、ベッド周りにカーテンが引かれている。一番窓際のベッドで、松雪はアイスクリームを食べていた。棚田に気づくと「あれっ、先生。どうしたんですか？」と瞬きした。

　明日予定していたＭＲＩの撮影時間がダブルブッキングし、撮影と退院が一日ずつ延びてしまったことを手短に説明する。

「こちらの手違いで、申し訳ありません」

『そんな、いいですよ。先生』という反応を予想していたが、松雪は黙り込んだ。感情が削《そ》ぎ落とされた無表情は、腹をたてているように見える。

「松雪さん？」

返事のかわりに聞こえてきたのは、こちらが決まり悪くなるような大きなため息だった。それと同時に、のっぺりした顔に表情がつく。

「俺、早く退院したかったな。友達にも明後日って言っちゃったし。けど、もう一人の患者さんの方が重傷なんですよね。それなら仕方ないのか」

当然、受け入れてもらえるとばかり思っていた。ふてくされた顔を見せつけられて、心の底から申し訳ない気持ちになる。

「本当にすみません」

「先生のせいじゃないですよ。間違えたのは放射線部の人なんでしょう」

許しの気配にホッとする。同時に、松雪のベッドの枕元にあるスピーカーから、ポーンと軽快な音が響いた。

『松雪さん、リハビリのお時間です』

看護助手の声だ。松雪は「はーい」と返事をする。

「じゃあ先生。俺、ちょっとリハビリに行ってきますね」

松雪は食べかけのアイスを躊躇なくゴミ箱に捨ててサッサと病室を出て行った。ぽつんと一人、その場に取り残される。松雪に落ち度はないわけで、不機嫌になられても文句はいえない。患者のいない病室にいても仕方ないので医局に戻ろうとした棚田の目に、ベッドサイドで充電されている松雪のスマートフォンが映った。

松雪を容疑者としながらも、証拠がないと手塚は話していた。古いドラマで、猟奇的な殺人鬼が、死体の写真をコレクションしていたことを思い出す。もし仮に松雪が犯人だとしたら、おぞましい写真をスマートフォンの中にコレクションしているのだろうか。いくら何でもそれは安易だろう。何かあれば、スマートフォンは真っ先に調べられる。そういう写真は、なくて当たり前だ。

窓の外を見る振りで、棚田は充電中のスマートフォンに近づいた。画面に触れる。当然だが、ロックがかかっている。棚田は double tooth と入力した。パスワードは変えていなかったらしく、画面が開く。

「おい、今日は病棟の風呂が使えないってさ」

カーテンの向こうから、受け持ち患者、三宅《みやけ》の声が聞こえる。

「看護師さんが、ボイラーが壊れたって話してた」

「しばらく風呂なしってことか？　別にかまやしねぇけど」

棚田はスマートフォンから充電コードを抜き取り、白衣のポケットに滑り込ませた。そしらぬ振りでカーテンの向こうに出る。

「あれっ、棚田先生。いたの？」

出入り口に近いベッドの三宅が、パイプ椅子に腰掛けたまま中年太りの腹をさする。

「松雪さんのところにきたけど、リハビリに行っているようで」

「あぁ、あの兄ちゃんか。もうすぐ退院なんだよな」

「そうですね」

意図的に笑顔を浮かべながら、病室を後にする。廊下に出た途端、棚田は小走りになった。心臓は今にも破れそうなほどバクバクしている。患者のスマートフォンを勝手に持ち出すなんて窃盗《せっとう》だ。リハビリが終わり松雪が帰ってくる前に戻さないといけない。

棚田は処置室の隣にある面談室に入り、内側から鍵をかけた。心臓に手をあて、動悸を落ち着かせてスマートフォンをポケットから取り出す。写真データを……少し見るだけだ。そしたら返す。これは警察への捜査協力だ。そうやって罪悪感を薄めないと、指先が震えて仕方ない。……わかっている。これは捜査協力なんかじゃない。自分は確かめたいのだ。松雪が犯人ではないと。

スマートフォンの画像データを呼び出す。縮小された正方形の画像が一覧になってでてきた。職業柄、血まみれの人間には耐性がある。死体が出ても驚かないよう心構えのもとザッと画面をスクロールする。……が、写っているのは食べ物や景色だけで、血みどろの手足や顔といった雰囲気の画像は一つもなかった。

ホッとすると同時に、力が抜ける。本当に自分は何をしているんだろう。患者から訴えられかねない危険をおかして、刑事の真似事なんかして……。

もう一度、最近の画像までスクロールした時、一つだけ真っ黒な画面があることに気づいた。黒いから何かわからないが、これだけ動画だ。

黒い画像をタップすると、画面が大きくなり再生がはじまる。画面はゆらゆら揺れていて、まるで船の上にいるようだ。暗くて周囲はよく見えない。パチリと音がして、画面が少し明るくなった。シーツに枕。見覚えのあるベッド。病室だ。松雪は自分のベッドまわりの動画を撮っていたらしい。画面が大きく動く。人の顔が映った。この顔は知っている。栗崎だ。栗崎は首に巨大な詰め襟《えり》のようなフィラデルフィアカラーをつけたまま、ガガッ、ガガッと大きな鼾をかいていた。そういえば術後、松雪は栗崎が亡くなるまでの一週間ほど同じ部屋だった。その時に撮ったらしい。

まだ生きていた頃の栗崎。懐かしく、そして切ない気持ちでその寝顔を見ているか、寝ている栗崎の顔にビチャッと何かかけられた。それは何だ？　濡れたタオルか？　心地よさそうだった寝息が聞かれなくなり、栗崎はフッ、フッと息苦しそうに胸をあえがせた。

「何やってんだ。早くどけろ！」

思わず画面に向かって怒鳴りつけていた。栗崎は四肢麻痺がある。手は顔まで動かせない。自分で濡れタオルを外すことはできない。息苦しいのか、栗崎は首を左右に振ろうとするが、固定のためのフィラデルフィアカラーをしているので、首は左右に三十度ほどしか傾かなかった。

バタバタと首を振って栗崎は身悶《みもだ》える。棚田は頬がピクピクと痙攣《けいれん》した。スマートフォンを手にする指先が震える。これは……何だ？　あのタオルを外してやりたいが、どうすればいいのかわからない。本気でわからない。

顔に置かれた濡れタオルが、右に大きくずれる。栗崎の顔はもうまっ赤だ。そのまま外れて落ちろ……そう願っていると、画面中にヌッと手が出て来た。その手はずれた濡れタオルをもとにもどし、栗崎の口のあたりをゆっくりと押さえた。手の甲には、黄色に縁取られた、赤紫色の内出血が……ある。

『フーッ、フーッ、フーッ』

栗崎の鼻息が荒くなる。……こんなの冗談じゃない。

「もうやめてくれっ。手をどけろ。死んでしまう。本当に……」

栗崎がビクビクッと痙攣するように震え……ぐったりとしたまま動かなくなった。タオルがそっと取り去られる。栗崎の口許は歪み、目は上転している。

『……あぁ、うるさかった』

ため息の後に、クスッと小さな笑い声。そこで映像は途切れた。棚田はその場に座り込んだまま動けない。体が震える。この……映像は何だ。今、自分は……何を見た？

栗崎の死因はよくわからず窒息を疑われていたが、いくら呼吸抑制の危険がある前方固定術とはいえ、術後一週間も経ってから窒息なんておかしかった。

誰が、栗崎の顔に濡れたタオルをかけた？　誰が、抵抗できない栗崎の口を押さえた？　あんな、あんな……惨《むご》いことを……。

コンコン、と面談室のドアがノックされる。棚田は体を震わせた。

「すみません、どなたか使っていますか？」

宇都宮の声だ。棚田はスマートフォンをポケットに入れ、ドアの鍵を開けた。

「あっ、棚田先生だったんだ」

宇都宮は腕時計を見た。

「十一時から面談室を使いたいんですけど、かまいませんか？」

「……あ、うん」

宇都宮が「先生」と目を細めた。

「大丈夫ですか？　真っ青ですよ。気分でも悪いんですか」

腹の底から吐き気が込み上げてきた。ウグッと嘔吐《えず》いて背中を丸める。宇都宮は戸棚に駆け寄るとビニール袋を取り出し、棚田に差し出した。

棚田は吐いた。しゃがみ込み、嗚咽《おえつ》しながら吐いた。あれは松雪だ。松雪の手だった。松雪が栗崎を殺したのだ。どうして？　どうしてそんなことをする？　それに笑っていた。殺した後に笑って……。意味がわからない。どうしてそんな残酷なことができる？　理解できない。

「先生、少し横になりますか？」

宇都宮に支えられて、棚田は処置室のベッドで横になった。目を閉じると、苦しみもがく栗崎の顔が脳裏に浮かんできて、また吐いた。胃の中から何もかもなくなっても、吐き気は続いた。

「おい、大丈夫か」

処置室に茂木が入ってくる。

「ナースステーションに行ったら、棚田先生が吐きまくってるって言われたぞ。何か当たったか？」

心配そうに顔を覗き込んでくる。その顔を見ていると、涙がブワッと溢れた。あんな酷い動画……茂木には絶対に見せられない。

「吐き気止めの点滴を打っとくか？　それとも内科で診てもらうか？」

「……先生、今日……僕の患者をお願いしてもいいですか」

茂木は一瞬、驚いた顔をしたが「わかった。家に帰ってゆっくりやすめ」と棚田の背中をそっと撫でた。茂木に肩を支えられるようにして前屈みのまま病棟の廊下を歩いていると「棚田先生」と呼び止められた。……悪魔の声だ。

「先生、俺のスマホを知りませんか。リハビリから帰って来たら、テーブルに置いてたのがなくなってて」

顔……見たくない。口もききたくない。

「棚田先生は体調が悪いんだ。なくし物は師長さんに相談してもらえるかな」

自分のかわりに、茂木が答える。

「けど、三宅さんが……」

「ベッドを留守にする時、貴重品をテーブルに出しっぱなしにしちゃ駄目だよ。ちゃんと金庫に入れて、自己管理しないと」

茂木に諭《さと》すように言われると、それ以上松雪は話しかけてこなかった。着替えもせず、白衣のまま棚田はタクシーに乗り込んだ。茂木に「お前、大丈夫か？」と言われたが、「はい」と返事をするだけで精一杯だった。

タクシーの運転手に、神南署に行ってくれるよう告げる。車に揺られながら、棚田は自分の両手を見た。人を、助けたかった。未来のある若者を、助けたかった。だから、松雪を治療した。麻痺が改善して、彼が日常生活を取り戻せると思うと嬉しかった。

彼は人を殺した。完全麻痺になろうかという怪我をして、体の自由がきかない辛さ、怪我の辛さはわかっているだろうに、どうして……人を殺した？　いっそ麻痺が改善しなければよかったんじゃないだろうか。そうすれば、松雪の手足が動くようにならなければ、栗崎はあんな殺され方をすることもなかった。

完全麻痺が改善するなんて、運が良い。奇跡といってもいい。どうして神様は、その奇跡を松雪に与えたんだろう。彼以外の誰かじゃ、いけなかったんだろうか。

ポケットの中のスマートフォンが着信音を響かせ、棚田は震えた。表示されているのは、見たことがない番号。一度切れる。けどまた掛かってくる。何度も、何度も……。なくなったスマートフォンを探すために誰かから電話を借りて、掛けているのだろうか。

「お客さん、出なくていいんですか？」

運転手の言葉を、棚田は無視した。車内では、松雪の不安が途切れることなく、延々と鳴り響いていた。

消える

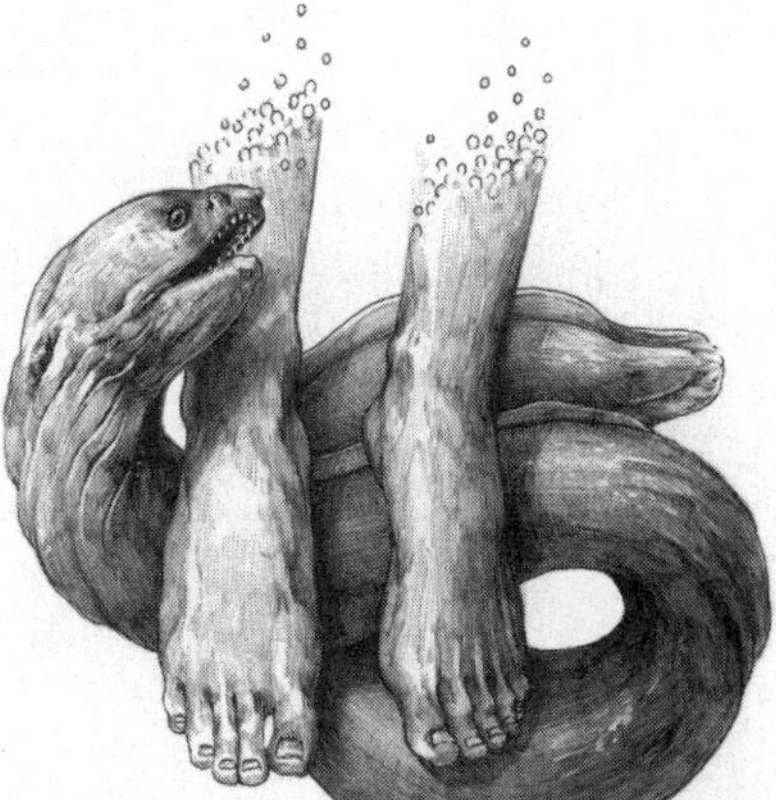

夏も過ぎ、随分と涼しく、過ごしやすくなってきました。先日、弟が花を植え替えて、庭もすっかり秋色に様変わりしています。

先生も変わらずお忙しいことと存じますが、もしお近くに来られるようなことがあれば、大したおもてなしもできませんが、是非ともうちにお立ち寄りいただければと思います。

急になぜ手紙が届いたのだろうと先生は不思議に思われるかもしれません。今回は遺言状《ゆいごんじょう》といった仕事のこととは関係なく、先生に知っていただきたいことがあり、こうして手紙を書いている次第です。

実は冒頭だけでもう何十回も書き直しをしています。便せんを一冊、駄目にしてしまいました。パソコンで書こうかとも思ったのですが、僕はこの手紙以外に自分の痕《こん》

跡《せき》を残したくないので、四苦八苦しながらペンと格闘しています。僕は

書いている今も考えています。もしこの手紙を書き上げても、僕は投函《とうかん》できないか投函《とうかん》できないかもしれないと。それはそれで仕方ないと思います。自分の判断ですから。もし先生がこれを読まれたらお手元に届いているのでしょうから、僕のこの逡巡《しゅんじゅん》は読んでいて滑稽《こっけい》に思われるかもしれませんね。

僕と先生は、遺言状のことで二、三度お会いしただけです。その程度の関係なのに、なぜ自分に手紙をと不思議に思われているかもしれません。

どうして先生を選んだのか。理由は僕を知っているけれど僕と近すぎず、秘密を共有してくれそうだったからです。弁護士という仕事柄、知り得たことをみだりに口外しないだろうと思えたのも決め手でした。

あぁ、心配しなくても大丈夫ですよ。犯罪の告白なんかでは決してありませんから。そんなことをしたら先生を困らせてしまうし、ご存知のとおり僕は……昔は兎《と》も角《かく》、今は大それたことができるような体ではありませんしね。

先生にお願いしたいのは、これから書き連ねる僕の駄文をただ読んで欲しいということです。返事が欲しいわけでも、批判や感想を聞きたいわけでもありません。そして読んだら即座にこの手紙を捨てて欲しいのです。もしかしたら先生は僕のプライベ

ートなど知りたくない、知らなくてもいいと思われるかもしれませんが、最後までお付き合いいただけたらと思います。

　僕には弟が一人います。先生も一度、弟に会っています。二度目に先生の事務所にお邪魔した時、帰りに迎えに来た男がそうです。「弟です」と先生には紹介したのですが、覚えてらっしゃらないかもしれないですね。そうでなくても先生は人に会われることが多い仕事でしょうから。

　身内の僕が言うのもなんですが、弟はすごくかっこいいんです。背が高くて顔も小さく芸能人のようで、S大の経済学部を卒業したんですよ。

　見た目や頭だけでなく、弟は性格もいいんです。父親に似て、優しくて決して声を荒らげることがない。大らかなんですね。

　僕は駄目です。母親に似て神経質で、ほんの些細《ささい》なことが気になって夜も眠れなくなってしまう。昔……いつだったかな、布団が変わったというそれだけで一睡もできなかったことがありました。

　母親には「お前は布団の下にあった豆粒が気になって眠れなかったお姫様のようね」と言われました。その童話は『布団の下の豆粒が気になった＝高貴な育ちの証《あかし》』という結末でしたが、母親は決していい意味では使っていませんでしたね。

同じ種から生まれているのに、なぜこれほど顔形、頭の中身まで異なった人間が生まれてくるのか、僕は遺伝子の気まぐれが不思議でたまりません。

事務所でお話をした時に、先生にもご兄弟がいるとお聞きしましたが、先生はご自分の兄弟のことをどう思われていますか？

返事はいらないと書いたのに、何だか質問してしまいましたね。すみません。

僕が二歳の時に弟は生まれました。弟が家に初めてやってきた日のことを、ぼんやりとですが記憶しています。生まれたばかりの生き物は、あたたかくて、柔らかくて、ミルクの匂《にお》いがしました。僕の中にまだそういった言葉にできる概念はなかったと思うのですが、酷《ひど》く心地よい幸せな気持ちになったことを覚えています。

僕は弟が大好きでした。もともと神経質な僕は、甲高《かんだか》い泣き声が、自分の声も含めて大嫌いだったのですが、弟だけは平気でした。数人の赤ちゃんが泣いていても、弟の泣き声だけはちゃんと聞き分けられたのです。まるで獣のように。

弟のことが好きだったので、よく面倒をみていました。弟が歩き始めると、僕は弟を自慢して回りました。大好きで幸福な生き物を、みんなにも褒《ほ》めて欲しかったのです。弟もよくなつき、僕の行く場所はどこにでもヒヨコのようについてきました。

弟を自慢する幼い僕を、大人たちは微笑《ほほえ》みながら見ていました。仲のよい兄弟だと思ってくれたのでしょう。大人が笑顔になること、それは子供の僕の自尊心を十分に満足させました。

僕は弟が好きすぎて、離れたくなくて、幼稚園に行くのが嫌《いや》になりました。だから弟と一緒に通えるようになった時は嬉しかった。本当に嬉しかったのです。

子供は大人の常識や未来は何も知りません。血が繋《つな》がっているのだから、この大好きな弟と一生ともに暮らしていけるのだと信じていました。

しかし子供は成長します。僕が一つ歳を取れば、弟も公平に歳を取ります。最初のうちは大丈夫でした。子供の頃の二歳差は、大きなアドバンテージがあります。弟よりも背が高くて、足が速く、力が強い。それだけで僕は弟のヒーローになりました。弟はまるで好きな女の子の前でわざと格好をつけて強がるお調子者のように、僕は弟の前で自分をよりよく見せようと虚勢を張っていました。

高い場所から飛び降りて、足首を捻挫《ねんざ》したこともあります。今考えると子供らしい浅はかさに満ち満ちていますが、その時の自分にとって「高い場所から飛べる」ということは、勇ましさの象徴だったのです。

失敗も多くありましたが、僕は弟のヒーローであり続けました。……しかし弟が小学二年生になった頃から、ヒーローである僕のメッキが徐々に剝《は》がれ落ち、ボロがではじめたのです。

弟よりも背は高かったですが、同じ学年の中では小さな方でした。その頃になると、弟も段々と周りを見はじめるわけです。そうすると、ヒーローの兄と同い年で、兄よりも大きくて足が速く、頭のいい同級生がいることに気づいてしまうのです。

僕は弟に失望されました。あこがれの対象から外《はず》されたのです。口で何か言われた訳ではありません。ただ盲目的に僕だけを見ていたあのキラキラした瞳が、少し冷《さ》めたものに変わってしまったのです。

僕は弟と距離をとるようになりました。失望の眼差《まなざ》しで見られることに耐えられなかったのです。いつも自分の後をついてきていた弟は、相手にしてくれない兄に見切りをつけ、同い年の子供たちと遊びはじめました。

僕も同級生と一緒にいることが多くなりましたが、楽しくありませんでした。弟に羨望《せんぼう》の眼差しで見つめられる、あれ以上の興奮は誰も与えてくれなかったのです。

弟と距離をとりはじめたと書きましたが、それはあくまで学校の中のことです。家では相変わらず仲のよい兄弟でした。僕は同い年の他の子供に劣っていましたが、僕以外の子供が弟の傍《そば》にいない時だけ、二歳という年齢差と兄という立場で、かろうじて弟よりも上の立場にいられたのです。

この頃から僕は少しでも弟の上に立とうとして、弟が母親の言いつけを守らないと、まるで小姑《こじゅうと》の如く事細かく注意をしはじめました。最初のうちはおとなしく話を聞いていた弟も、そのうち僕のことが疎《うと》ましくなったのか、声をかけても聞こえないふりをするようになったのです。

無知、そして子供であったが故《ゆえ》に、僕はやり方を間違えてしまいました。そして頭の悪い子供は、どうすれば弟に無視されずにいられるのか、わからなくなってしまったのです。

弟は僕に近づかなくなり、昔のようにどこへ行くにも一緒ではなくなりました。仲良くしたい、弟と触れ合いたい、そう思っていても、なかなか口に出せません。そのことが辛くてたまりませんでした。

同級生には、兄弟のあるものも多くいました。しかし誰も僕ほど弟に執着していないのです。そのことが不思議でたまりませんでした。中には「弟などいなくてもいい」と言い放つものまでいて、心臓が止まりそうになりました。僕は弟がいなくなったら自分はきっと死んでしまうだろうと思っていたからです。

僕は自分のことを人に話すタチではありません。もとから喋《しゃべ》るのが上手《うま》くないということもありますが。けれどこの時は思わず聞いてしまいました。「どうして弟がいなくてもいいの」と。

友人は「うるさくて、鬱陶《うっとう》しいから」と眉《まゆ》をひそめました。そして驚いたことに、彼の言葉に同調する者も数名いたのです。

僕は世間を、誰もが死んでしまいそうになるほど兄弟を好きではないのだという現実を、初めて目の当《ま》たりにしました。しかし知っただけで、弟への気持ちは何も変わりありませんでした。思えばまだこの頃は平和だったんじゃないかと思います。

中学生になると、同級生の間で好きな子の話が出ることが多くなりました。同級生はクラスのどの子がかわいい、あの子と付き合いたいとよく言っていましたが、僕はクラスの女の子を恋愛感情で意識したことはありませんでした。

一度「弟の方がかわいい」と口にしたことがあります。興味を持ったのか、友人が僕の家まで弟の姿を見に押しかけてきました。

弟を見た友人は、口を揃《そろ》えて「かわいくない」と落胆しました。正直すごく腹が立ちました。とても不愉快な思いをしたので、僕は見る目のない奴らに弟のことは一生話さないと心に決めました。

中学二年生の夏でした。僕は弟と一緒に富山の田舎にある祖父母の家に遊びに行きました。そうです。両親の死後、僕は東京の家を売り払い、弟と共にここへ越してきたのです。

祖父母の家は海の傍にありました。目の前は小さな湾の砂浜で、プライベートビーチのようになっています。国道はもっと山側を走っているので、細い道を入ってわざわざこの海に来る者はいません。実際、僕は祖父母以外の人をこの砂浜で見たことはありません。

両親は僕らがゲームをするのを好まなかったので「夏休みぐらいやめておきなさい」と祖父母の家にゲームを持っていかせてくれませんでした。遊び相手は弟しかいません。弟も同じです。海と互いだけでしたが、とてもとても楽しかった。僕らは朝から晩まで飽きることなく海で遊びました。

泳ぎ、貝を拾い、砂の山を作って遊びました。互いの体を砂の中に埋めたこともあります。僕は祖父の作った銛《もり》で大きな魚を突き、祖母に褒められ、弟から賞賛の眼差しを浴びました。

一日中外で遊ぶ弟と僕の肌は、オーブンで焼きすぎたクッキーのように真っ黒になり、まるで脱皮する蛇《へび》のごとく皮がべろりと剝《む》けました。

海で遊び疲れて、縁側で横になると蟬《せみ》の声がジンジンと耳に響きます。ウトウトして、カランと氷の音で目が覚めると、祖母がサイダーを頭の傍においてくれています。ぷちぷちと弾《はじ》ける炭酸の細かな泡と、隣で眠る弟の長い長い睫毛《まつげ》。弟からは、汗と海と、日向《ひなた》の匂いがしました。僕は永遠に夏休みが続けばいいと思っていました。けれど朝が来れば夜が来ます。僕は夏休みが残り少なくなるにつれて、気持ちが沈んでいきました。

田舎で過ごす夏休み最後の夜、海で泳いだ後に僕らは一緒にお風呂へ入りました。僕は湯船に浸《つ》かって、シャワーを浴びている弟をぼんやり見ていました。弟は僕と同じぐらい背が高くなっていましたが、手足は無理に上下に引っ張ったように細く、今にもぽきりと折れてしまいそうでした。

弟はシャワーを浴びながら、股間をやたらとボリボリと引っ掻《か》いています。「どうした？」と聞くと、弟は「痒《かゆ》い」と顔をしかめていました。

僕は弟の股間を覗《のぞ》き込《こ》みました。掻きむしった部分は真っ赤になっていましたが、そこよりも性器のほうが気になりました。

弟のものは僕よりも少しだけ小さく、まるでしっぽのようにぶらりと股間に垂れ下がっていました。

弟の性器をみているうちに、何だか体中が熱くなってきました。そして弟のそれに触れてみたくてたまらなくなったのです。

僕は弟のペニスに触れました。ふにゃっとして、本当にしっぽのようでした。「痒いのはそこじゃない」と弟は言っていましたが、その時には触れることをやめられなくなっていました。

弟の性器を味わっているうちに自分の股間もカーッと熱くなり、僕は勃起しました。

恥ずかしいよりも先に、怖《こわ》くなりました。そして「ばあちゃんにそこ、見てもらえ」と言って弟を風呂場から追い出したのです。

一人になった僕は、勃起したペニスに戸惑っていました。友達からの伝え聞きで擦《こす》ればいいことはわかっていましたが、なかなか上手くできません。でも何とか……弟の性器に触れたことを思い出しながら、射精したのです。

実は、もう手紙を書くのを止《や》めようかと思っていました。こんな話を延々と読まされても、先生は不愉快なのではないかと思ったからです。

僕は自分の物語を嘘偽《うそいつわ》りなく書いていますが、それが何も関係ない先生にとっては、ただただ気分の悪い話なのだと気づきました。けれどどうせ後で捨ててもらうのだと思うとふっきれて、この話の続きを書こうという気になりました。

風呂を出たあと、小心者の僕は弟が祖母に「風呂場でお兄ちゃんにちんちんを触られた」と告げ口するのではないかと生きた心地がしませんでしたが、そんな心配は無用でした。弟の僕への態度は、性器に触れた前と後で何もかわりませんでした。弟は僕の行為を、爪《つめ》の先ほども気にしていなかったのです。

風呂場のことがあってから、僕は弟の裸と性器に興奮する自分は何なんだろうとずっと考えていました。女ではなく、男に興奮することが普通でないのも、ゲイやホモと呼ばれる類《たぐい》のものだということも、何となく知っていました。僕の小学生の頃は、ゲイやホモ、オカマは子供のよく使う差別用語でしたから。だからこそ、みんなに後ろ指をさされるこの得体のしれない衝動が恐ろしかったのです。

僕は自分がおかしいのではないかとまで思い詰め、病院に行こうかと真剣に考えていました。この時の僕は、自分の頭と体に起こっていることが上手く把握できていませんでした。

僕は弟が好き。その気持ちは残したまま、性衝動だけがなくなってくれないかと考えて、無理をして女の子と付き合ったこともあります。けれどそんなのは焼け石に水をかけるようなもので、弟のすばらしさを再認識するだけでした。

先生は同じ男なので理解してくれるのではないかと思っていますが、性の妄想《もうそう》というのは、自分の理性でコントロールできるものではありません。僕は心と体が乖離《かいり》したまま高校生になり、そして成績ががくりと落ちました。無理をしてレベルの高い高校に入ったのが原因で、そこでの勉強についていけなかったのです。

赤点や追試が多くなり、最初のうちは調子が悪いだけと思ってくれていた両親にも、頑張れと言われるようになりました。

勉強はしたのですが、やっぱり追いつけない。そういうことが続くと、段々と勉強そのものが嫌になってきます。落ち目の僕とは対照的に、弟は勉強がよくできました。中学受験で私立中学に合格し、問題をおこさなければ、僕よりもレベルが上の高校にエスカレーター式に進学できることが決まっていました。

成長した賢い弟は僕よりも背が高くなり、兄弟の贔屓目《ひいきめ》なしにとてもかっこよくなりました。同世代の友人が沢山でき、できの悪い兄の僕と遊んでくれることはなくなりました。

そんな素晴らしい弟を前に、僕はどんどん卑屈になっていきました。二年のアドバンテージなどとっくの昔にひっくり返されています。僕はもう、生まれた時から駄目な大人になると烙印《らくいん》を押されていた気すらしました。

僕は落ちこぼれという看板を背中にはりつけたまま高校二年生になりました。

その頃、弟がもらったラブレターを見つけました。廊下にあったので、おそらく鞄《かばん》から滑り落ちたのでしょう。僕は淡い色の封筒を見た瞬間、それはラブレターであることが超能力者のようにわかってしまったのです。

僕は封筒を自分の部屋へもってゆき、顔も知らない女からのラブレターを読んでいましたが、次第に吐き気が込み上げてきました。なぜならその手紙から溢《あふ》れる恋心は、まるで自分の心の中を丸ごと書き写したかのようだったからです。

弟はそのうち誰かと付き合い始めます。いつか結婚するでしょう。僕は弟が他の誰かを愛するのを見たくなかった。愛されるなら、それは自分でありたかったのです。

自分が愛するように愛されたい……しかしそれは非現実的で、弟の存在は、近くにあるのに触れられない、ガラスケースに入った甘いお菓子みたいでした。

弟と両親がそろって出かけていたある日、僕は母親のワンピースをこっそりと着てみました。母親のクロゼットの扉に手をかけた瞬間から体は震えていましたが、それでも着てみたいという衝動を止められませんでした。

ワンピースを着て、よくわからないまま化粧もしました。鏡の中に見える女もどきは、反吐《へど》が出るほど気持ち悪かったのを今でも覚えています。

僕はワンピースを元通りにクロゼットに戻し、風呂場に行きました。顔を洗うのですが、何度水で洗っても化粧が落ちません。僕は落ちない化粧が、自分に染みついた「悪」のような気がして、顔を洗いながら泣いていました。

女になったからといって弟に愛されるわけではないと、僕はその時思い知らされたのです。化粧はタオルで何度も拭いているうちに、ようやく落ちてくれました。僕は汚れたタオルを切り刻んでゴミ箱に捨てました。そして擦りすぎて真っ赤な顔をみて、また泣いたのです。

自分の部屋に戻った僕はそのまま眠ってしまい、物音でふと目が覚めたのです。隣の弟の部屋から、ベッドがミシミシと軋《きし》む音が聞こえてきました。押し殺したような喘《あえ》ぎ声《ごえ》も。

しばらくすると隣から卑猥《ひわい》な音は聞こえなくなりました。玄関のドアが開く気配に、僕は思わず窓に駆け寄っていました。二階から兄に見下ろされていると知らない弟は、髪の長い女と手を繋ぎ、駅の方に歩いて行きました。

僕は自分がゴミになった気がしました。ゴミのように燃えてなくなりたいと思いました。

自己嫌悪は原因に転嫁《てんか》され、僕はあんなに愛していた弟の死を願うようになりました。

た。自分を愛してくれないなら、他の誰かを愛するなら、目の前からいなくなってくれないかと。そうすればこんな苦しみから解放される気がしたのです。

そのうち弟がいなくならないなら、自分が物理的に距離をとればいいのではないかと思いつき、家から遠く離れる決意をしました。頭の悪い僕では選択肢は限られていましたが、何とか地方の大学に滑り込むことができました。

そうやって遠くの大学へ行くことで、弟への恋心は薄れていきました。姿をみない、会わないという効果は想像以上に大きかったのです。

弟への感情から解放された僕は、それなりに楽しい学生生活を送ることができました。好きだと言ってくれる女性もいましたが、付き合うことはありませんでした。

その頃には、弟でなくても男の肉体に性的欲求を覚えるということに気づき、自分が同性愛者であると認識していました。

大学三年生になると、僕は就職で迷いました。学校のある地方に残るか、それとも東京へ戻るか。僕は弟への恋心は完全に昇華した、大丈夫だと確信して東京に戻る決心をしたのです。

そうして就職活動の為に東京に戻った僕は、打ちのめされました。消えたと思った恋心が、まるで亡霊のように目覚めていくのをはっきりと自覚したのです。

弟はしばらく見ない間に大人になっていました。俳優と比べても見劣りしない人目を引く容姿は、キラキラと輝いていました。一緒に育った筈《はず》なのに、僕はまともに弟の顔を見ることができなくなりました。

僕は自分という生き物に、その感情に絶望しました。弟と結ばれないということは嫌というほどわかっています。それならいっそ、生まれて来たくなかった。いや、生まれて来る時に、弟と混ざり合って生を得たかったと思ったのです。

僕は東京の会社に就職し実家から仕事に通うことになりましたが、家で弟と顔を合わせても殆《ほとん》ど言葉を交わしませんでした。話せば話すだけ、弟の輝きが僕の中に刻み込まれて、悔しさと愛おしさが胸に溢れて辛かったのです。

ある日、弟は「一緒にドライブしない？」と僕を誘ってきました。弟は免許をとったばかりで、誰か隣に乗ってもらい運転したかったのでしょう。

いや、本当は口実だったのかもしれません。弟は自分にそっけない兄との関係を修復したいと思い、僕を誘ったような気もします。

弟の誘いを僕は断りませんでした。色々と複雑な思いはあれど、僕も弟と二人きりになりたかったのです。それまで避けていた癖に、矛盾すると思われるかもしれませんが。

僕は弟の運転でドライブに行きました。弟は僕に気を遣ってなのか、よく話しかけてくれました。嬉しかったです。けどこの嬉しさも一時のことだと思うと、僕の心は沈んでゆきました。

事故の時のことはよく覚えていません。気づけば病院のベッドの上で、僕の傍には弟がいました。じっと僕を見つめ、そして声もたてず涙を流していました。

弟に見つめられる喜びは束の間でした。その後で僕は知るのです。自分の体に刻まれた悲劇のことを。

僕の動かない両足は、最初のうちは巧妙に誤魔化《ごまか》されていました。少し元気になってきた頃、医師から長い長い説明がありました。

僕の両足は、もう二度と動かないと宣告されました。茫然《ぼうぜん》とする僕の足に、感覚のないそれに取りすがって弟は泣きました。

「ごめん、兄さん。許して下さい」

謝る弟を見下ろしながら、僕は人魚姫の話を思い出していました。

人魚姫は、足を得るかわりに声を失いました。僕も人魚姫のように、失った足のかわりに何か得るものがある気がしたのです。

欲しいものを手に入れるために、僕は謝る弟を罵倒《ばとう》しました。

「お前のせいで事故にあった」

「お前のせいで僕の一生は台無しになった」

思いつく限りの罵詈雑言《ばりぞうごん》を浴びせました。弟は涙も涸《か》れ尽くすほど号泣していました。弟が泣けば泣くほど、僕は不思議な高揚感に包まれました。そもそも僕のことを思って弟が泣くなどこれまで一度もありませんでしたから。

僕は弟に「僕の一生をお前が責任を持って償《つぐな》え」と言い放ちました。

体が不自由になった僕の面倒は父と母が見てくれましたが五年も経たぬうちに二人とも相次いで病気で亡《な》くなりました。

僕の体と将来を心配したのか、親は遺産の殆どを僕に残すという遺言状を作っていました。事前に相談されていたようで、弟もそれで納得していました。やはり僕の体に責任を感じていたのでしょう。

弟は大学を出て就職していましたが、勤めていた会社を辞め、両親のかわりに僕の世話をすることになりました。僕が「他人に下《しも》の世話をされたくない」と言い張ったからです。

愛する弟と二人きりで暮らす僕はとても幸せです。それと同時に、不幸でもあります。

弟は僕を風呂に入れてくれます。僕の裸を見ます。全身をくまなく見ます。下の世話をしてくれます。弟に見られていると思うと、激しく興奮します。けれど僕の体は反応しません。僕の気持ちが、弟に知られることはないのです。

僕は弟の手に自分の身をゆだねます。事故に遭わなければ、弟は僕の体に触れることはなかったでしょう。その濃密さはもう、恋人同士の接触に他なりません。弟にその気が無くても、僕にとってはそうなのです。

これほど濃厚な接触があるのに、僕と弟は恋人同士ではないのです。いっそ自分の気持ちを弟にうちあけようかと思ったこともありますが、それはできませんでした。おそらく僕は弟から拒絶されます。そのことが怖いのです。愛されているか愛されていないかぐらいは、僕にだってわかりますから。

僕は弟を愛しています。けれどその愛は報われることはありません。それでも十分です。僕は弟の人生を手に入れられたのですから。

僕は弟に愛しているとは言えません。言えませんが、もし僕が先に死んだら、愛する弟に全てを譲り渡したいと考えています。僕が遺言などしなくても、僕の財産は弟のものになりますが、僕の愛を、遺言という形で弟に、欠片《かけら》でもいいから気づいてもらいたいのです。

僕の感情は、僕の死と共に消えてゆきます。けれど先生にこれを読んでもらえると思うことで、気持ちが昇華してゆく気がします。

死の間際、僕は弟の名前を、愛する者の名を呼ぶでしょう。想像するだけで、幸福な気持ちになります。

これからの人生、永遠に愛されないであろう僕の、それが唯一無二の光なのです。

＊

菅野《すがの》は長野の駅で電車を降りたあとレンタカーを借りた。目的地までの交通の便も調べたが、バスが三時間に一本ととても使えたものではなかった。

ナビに住所を入力し、機械的な音声の指示に従って車を走らせる。どんどんと山の中に入ってゆき、人の姿が消え、家がまばらになっていく。

道がやけに狭《せま》くなってきたなと思ったら、とうとう中央線まで消えた。しかも曲がりくねって急カーブがやたらと多い。要所要所にカーブミラーはあるものの、割れていたり曇っていたりとまともに車影が映らない。たまに遭遇する対向車は、この道に躊躇《ためら》うことなく猛スピードで突っこんでくるので、すれ違うたびに胸がひやりとする。緊張を強《し》いられたドライブは二十分ほど続き、目的地が近いと告げるナビの音声に心底ホッとした。

急なカーブを曲がりきると視界がパッと開け、田んぼと思われる広い平地があらわれる。その山側、道路の脇に家が一軒だけぽつんと建っていた。古くて大きな平屋。こういうのを古民家というのだろうか。

目的地に到着しましたとナビが告げる。ここが目指してきた喫茶店のようだが、看板の類が見あたらない。家の周囲は舗装されていない砂利の平地で車は一台もとまっておらず、白線やロープの区切りもない。

家の近くに車をとめ、建物に近づく。引き戸の横に置かれた切り株に「ｃａｆｅ道の月」と彫られた板きれが載せられていた。

切り株の看板の上に【営業時間　午前七時～午後五時】と書かれたプレートが掛けられている。今は午後三時過ぎなのでまだ営業中だ。

引き戸を開けると、カラカラと軽い音がした。ほんのりコーヒーの香りが漂ってくる。薄暗い店の中、十五畳ほどのスペースには、カウンターが五席、テーブル席が三つある。

床は寄せ木で、置かれてある家具は古い和簞笥《わだんす》。その上に木製のラジオや、セルロイドの玩具が飾られている。天井から吊《つ》り下げられた、和紙を使った古ぼけた照明も雰囲気がある。

しかし客は一人もおらず、店内には音楽も流れていない。不気味なほど静まりかえっている。飲食店に入ればすぐさま店員が駆け寄ってきて「お一人様ですか？」「お煙草《たばこ》は吸われますか」と対応されることに慣れきった頭に、この沈黙は居たたまれない。

看板は出ていたが、ひょっとして臨時休業とか……だとしたら最悪。不安に駆られたまま「あのっ」と大きな声をあげた。

ガタンと遠くで物音がした。カツカツと足音が近づいてきて、カウンターの奥にある引き戸がギギッと軋《きし》みながら開く。

男が顔をのぞかせた。背が高く痩《や》せていて、ジーンズにチェックのシャツを着ている。年は三十の菅野よりも一回りは上だろうか。

「気づかなくてすみません。いらっしゃいませ」

男は低く柔らかい声で客を迎え、幾分決まり悪そうに、そして愛想よく微笑む。長めの髪を後ろで一つに束ねていても痛い感じがないのは、顔が小さく目鼻立ちが整っているからだろう。若い頃はもてただろうなとチラリと思う。

「あの、ここってやってますか」

男は「はい」と苦笑いする。

「この時間はお客さんが少ないので、奥の部屋にいました。……どうぞ、お好きな席に」

二人だけなら色々と話ができるかもしれない。それを期待してカウンターの真ん中に腰掛けた。

「メニューはこちらです」

水と紙おしぼりがカウンターに置かれ、メニューの紙が貼りつけられた板を差し出される。そこにはコーヒー、紅茶、オレンジジュースと定番かつ面白味のない飲み物が並ぶ。

「じゃコーヒーで」

男は「わかりました」と菅野からメニューを回収し、コーヒー豆を挽《ひ》きはじめた。ミルは手動で、ガリガリと豆が乱暴に削れていく音が響く。カウンターの上にはサイフォンがあり、メニューはそっけないがこだわりはありそうだ。

「この店、いいですね」

「ありがとうございます」

「一人で経営してるんですか？」

男は手を動かしながら「そうです」と頷《うなず》く。それならこの人物が長谷川《はせがわ》氏の弟の長谷川渉《わたる》で確定だ。年齢は四十四歳の筈なので、見た目とも一致する。長谷川氏の手紙から受ける、長身で小顔、物腰が柔らかいという弟のイメージどおりだ。手紙の登場人物が実在していたというだけで、子供のように胸がわくわくする。

「お客さんは土地の人ではないですよね。どちらからいらしたんですか？」

男が聞いてくる。

「東京です」

すると「あぁ、そんな感じですね」と相槌《あいづち》を打ってきた。

「言葉に訛《なま》りがないですし。長野にはお仕事ですか？」

「まぁ、そんな感じで」

用もないのに、好奇心に負けてここまで足を運んだと正直なことは言えなかった。

菅野の父親は弁護士で、責任感が強くとても几帳面な人だった。癌《がん》を患いながらも精力的に仕事をし、端《はた》で見ていた菅野が心配になるほどだったが、最後まで現役で死ねたので幸せだっただろう。

そんな父の死後、書斎の本棚の片付けをしていた時にその手紙を見つけた。父が依頼人から感謝の手紙をもらうことは少なくなかったが、長谷川氏のそれが気になったのは厚さが一センチ以上と半端なかったのと、他の年賀状、手紙といったものをしまってあった箱ではなく、ミステリーの単行本の間に強引に挟《はさ》み込まれていたからだ。まるで小学生が悪いテストの答案を隠すように。

隠されるほど中身が気になる。菅野はその場で手紙を読んだ。最後まで読むつもりはなかったのに、途中で便せんを捲《めく》る手が止まらなくなり……自分の黒歴史を思い出した。

中学生の時、菅野は好きだった女の子にラブレターを書いた。その頃、ラブレターを送って恋が叶《かな》ったという歌が流行っていて、手紙で気持ちを伝えたらかっこいい気がしたのだ。便せんを前にすると、歌の歌詞と同じ、面と向かっては言えない気持ちが、知ってもらいたいことが後から後から溢れてきて、想いは便せん八枚にも連なった。

朝早く学校に行き、同じクラスの女の子の机の中に手紙を忍び込ませた。自分の名前は書けなかった。恥ずかしかったし、名前を書かなくても、もしかしたら自分だと気づいてくれるんじゃないかと期待していた。そして手紙に感動する彼女と、付き合い始める自分を妄想した。

差出人のない手紙は、彼女との間に何の波風も立てなかったし、自分だと気づいてくれるという奇跡もおこらなかった。去年の同窓会、彼女が友達に「中二の時にラブレターもらったんだけど、最高に気持ち悪かった。すんごく長いし、名前も書いてないの。お前何したいんだよって感じ」と話しているのを聞いて、一方通行の思慕の結末を知った。

長谷川氏の手紙を読み、最初に出てきた言葉は「キモい」だった。手紙は自己陶酔に満ち満ちていて、背筋がむず痒くなると同時に、彼女も自分の手紙を読んだ時にこんな気持ちになったんだろうかとどんよりとした気分になった。そして報われない愛を訴える男を、ほんの少しだけ哀れだと感じた。

仕事場で古いファイルを探していた時も、この手紙が強烈に記憶に残っていて、書類に長谷川氏の名前を見つけると同時に取り出していた。長谷川氏は二年前に事故で亡くなり、遺産は弟が相続したが、几帳面な父親はその詳細をメモがわりのノートに書き残してあった。それは菅野に長野の山奥まで足を運ばせるだけの衝撃があった。

男はサイフォンを使ってコーヒーを淹《い》れる。物珍しそうに覗き込む振りで、長谷川氏が愛した実弟をじっくり観察した。何の予備知識もなく見れば、田舎のカフェの店主にしてはややあか抜けた部類の中年男という印象だ。

「どうぞ」

濃い茶のラインが入ったクリーム色のコーヒーカップが目の前に置かれる。香ばしいコーヒーの香りが鼻孔をツンと刺激する。菅野はカップに口をつけた。雑味がなくすっきりとした上品な味わいだ。期待していなかったが、かなり美味《うま》い。

客が入っても、店内に音楽は流れない。男はカウンターの中で椅子に腰掛け、本を開いた。パラリとページを捲る音が聞こえる。

「この店、いつからやっているんですか？」

男は顔を上げ「去年からです」と答えた。

「古い民家を買い取って喫茶店に改装したんです。人通りも少ない道ですが、地元誌に何度か取り上げてもらったおかげで探してきてくれる人もいますね。けどまぁ、半ば趣味でやっているようなものです」

この店は遺産ではじめたのだろう。書類を見たが、けっこうな額を引き継いでいた。

「早期退職して、退職金を元手に奥さんと店をはじめたとか、そういう感じですか？」

探りを入れる。男はひょいと眉を上げた。

「僕は独り者ですよ。それに人手がいるほど忙しくもないですし」

「こんな山の中に一人で寂しくないですか？」

「気楽なものですよ。昼間はお客さんと話すことも多いですから」

その顔には寂しさといった類のものは浮かんでいない。本心だろう。

「親御さんは近くにいるんですか？」

「……いえ。もう随分と前に二人とも亡くなりました」

声が微妙に警戒しているふうに感じる。立ち入り過ぎただろうか。男は立ち上がり、カウンター奥のオープン棚に飾られているコーヒーカップを取りだし、カップの裏や受け皿を見て、汚れのチェックらしきことをはじめた。何かしている振りで、こちらが話しかけないよう牽制しているんだろうか。

「このコーヒーって、どこの豆ですか？」

振り返った男は「東山《ひがしやま》工房さんのハウスブレンドです」と教えてくれる。無視するつもりはないらしい。

「ここから車で一時間ぐらいのところにあるんです。うちは週に一回、まとめて豆を買いに行っています」

「車だし、帰りに寄ってみようかな。俺の兄もコーヒーが好きなんでお土産《みやげ》にちょうどい感じだ」

嘘ではない。ただ兄はコーヒーと名のつく茶色い水ならインスタントでもいいので、こだわりは皆無だ。

「いつも世話になっているし。あ、兄弟とかいます?」

話の流れで自然に聞いたつもりだが、返事があるまでに少し間があった。

「兄が一人いましたが、亡くなりました」

「あ、何かさっきからすみません」

男がじっと、探るような目で菅野を見つめてくる。

「……もしかしてあなたは警察の方ですか?」

問いかけにギョッとし、思わず息を呑んだ。

「いえ、まさか……違いますよ」

脇《わき》の下にドッと汗をかく。素性は明かせない。父親の依頼人の手紙を読んでのこのこ訪ねて来たなんて、守秘義務云々《うんぬん》と言われたら途端に面倒なことになる。いや、あの手紙は仕事とは関係ないものだからセーフだろうか。

「警察でなければ、探偵とか」

「そんなすぐにバレるような探偵とか、ダメダメじゃないですか」

動揺を隠し、茶化してみせる。「すぐにバレる」に説得力があったのか「それもそうですね」と男はフッと息をついた。

「プライベートなことを聞いてくるなと思って、変な風に勘ぐってしまいました」

焦《あせ》りすぎて情報収集に失敗。事実確認で躓《つまず》いて、肝心な話に進めなくなった。

二人しかいない空間が、重苦しい沈黙に包まれる。このままだと自分は不躾《ぶしつけ》で限りなく怪《あや》しい客になる。何か上手い言い訳は……。

「実は俺、推理小説を書いているんです」

父親ほどではないが、菅野もミステリー小説が好きでよく読む。ただ書きたいと思ったことは一度もない。大学を卒業して就職したものの、会社が合わずに二年で退職。再就職までの小遣い稼ぎに父親の事務所で事務を手伝っているうちに、ズルズル続いて最終的に就職してしまった。今は父の事務所を引き継いだ兄の補佐をしている。勉強が好きではなかったし、父親と同じ仕事が嫌で敢《あ》えて弁護士は避けてきたのに、結局こっちの世界に片足を突っ込んでいる。

「新しい作品の構想を練るために、取材で長野に来てるんです。山奥にぽつんとあるこの店はとても雰囲気があるので、どんな人が経営しているんだろうとプロフィールが気になって」

荒唐無稽《こうとうむけい》な嘘だが、この場さえやり過ごせたらいい。どうせ二度と会うこともない男だ。

「小説家なんて凄《すご》いですね」

男の目が大きく見開かれた。

「いや、まだ駆け出しの新人なんで」

それらしく謙遜《けんそん》する。

「物語を作り出せるなんて尊敬します。僕も読書は好きなんですが、読む一方なので」

猜疑心《さいぎしん》に溢れた視線が、尊敬の眼差しに変わる。小説家という肩書きの威力は凄い。男は本が好きそうなので余計にだろうか。自称小説家ほど怪しい職業はない気もするが、その目は疑いもしてない。警戒心が強いのかと思ったけど、意外に脇が甘いタイプか？

弁護士事務所で働いていると、色々なタイプの依頼人を垣間見る。清楚《せいそ》な顔で二枚舌を使い分け、相手から金をむしり取ることしか考えていない「訴訟がお仕事」という厄介《やっかい》な女の依頼人を兄が抱えているので、余計に男の素直さを危うく感じる。

ペンネームを聞かれたので「竹村茂《たけむらしげる》」と母方の祖父の名前を教えておいた。雑誌に掲載されただけで、まだ本は出ていないのだとつけ加えて。それなら検索して名前や本が出てこなくてもおかしいとは思われないだろう。

「推理小説を書いていて、一番難しいと思うことは何ですか？」

いかにもな質問に、菅野は腕を組み考え込む素振りを見せた。

「トリックかなぁ。なかなか上手く辻褄《つじつま》が合わせられなくて」

それらしい言葉がすらすらと出てくる。男は「やっぱり」と真面目な顔で大きく頷く。

「今度は雪をテーマに書こうと思っているんです」

長野＝雪という単純な発想。男は店の天井を見上げた。

「確かにこの辺《あた》りは冬になると雪が多いですからね。今だとまだ季節が少し早いですが」

取材に来るなら紅葉のこの時期ではなく雪の降っている冬だろう。適当なことを言っているので不自然さがチラチラ露呈しているが、男は気にしていないようだ。

「雪を使って、どんな風な話にしようと思ってるんですか？」

作家という職業に男は興味津々《しんしん》だ。この分だと「作家」という特異性を前面に押し出して、もう少し踏み込んだ話ができるかもしれない。

菅野はカウンターに片肘《かたひじ》をつき、手のひらに顎《あご》を載せた。

「今考えているのは、弟が兄の殺人容疑をかけられるという話なんですよ」

男の瞳が大きく揺らぎ、喉《のど》がゴクリと鳴るのを菅野は見逃さなかった。

「状況的に見れば弟が殺したとしか思えない。けれど本当は真犯人がいる。どうやって弟の無罪を証明しよう、どんなトリックにしようと頭を悩ませているところなんです」

聞いてきた癖に、男は相槌も打たない。菅野はコーヒーを飲み干し、空になったカップをカウンターの上に置いて「もう一杯もらえますか」と注文した。

男はギクシャクと椅子から立ち上がった。豆はボロボロとミルからこぼれるし、サイフォンは肘で突いて倒しそうになる。見ていて危なっかしい。刑事ドラマに出てくる犯人のように、わかりやすく動揺していた。

「たとえばあなたのプロフィールを借りて話を作るとしたら、俺はこんな風に書くかな。両親が早くに亡くなり、兄と弟が仲良く暮らしている。兄は体が不自由で、弟は献身的に兄の面倒を見ている。そんな弟に想いを寄せる女が現れる。女は弟と結婚したいが、弟に兄の方が大切だと言われて激怒する。女は兄を殺し、その罪を弟に着せようとする。愛が憎しみに変わるっていう感じでね。けどこれだと、よくあるパターンだなあ」

　サイフォンのアルコールランプに男が火をつける。そして「悲劇ですね」とぽつりと呟《つぶや》いた。

「ミステリーは基本、誰かが不幸にならないと話ははじまらないんで」

　フラスコの中にあった水が熱せられ、上のロートへ移動していく。男はマドラーに似た細い棒で、ロートに移った湯を緩《ゆる》く掻き混ぜた。

　火が消えると、上のロートへと移っていた湯は下のフラスコへ戻っていく。最初はゆっくり、そして最後はダムが決壊するように茶色い液体が勢いよく落ちていく。

　男は抽出したコーヒーをカップに注ぎ「僕は……」と喋りながら菅野に差し出した。

「もっとシンプルな話の方が好きかもしれません。いっそ弟が本当に兄を殺した、ということにしてはどうですか？」

　抑揚のない男の声。カップを持つ菅野の手が止まる。

「……面白そうですね」

　そう口にしたものの、頬《ほお》が強張る。

「けどそれだと話が根本から違ってくるからなぁ」

男は「簡単ですよ」と目を細めた。

「世間には仲のよい兄弟だと思わせているけれど、実は弟は兄のことが嫌いなんです。体の不自由な兄の世話をさせられることで自由と将来を奪われ、人生を台無しにされたと思い鬱屈《うっくつ》しているんです」

菅野は「ハハッ」と笑った。笑うしかその場をやり過ごす方法を思いつけなかった。

「動機としては十分だけど、弟が兄を殺しただけだとありきたりな話になっちゃいそうだな。それに兄の世話が辛いだけじゃ読者の情状酌量《じょうじょうしゃくりょう》は得られないだろうし」

では、と男は身を乗り出した。

「読者が同情できるよう、弟が兄を憎む要素をもう少し足しましょうか。弟は兄が半身不随になる原因の事故を起こしてしまったことで、兄の人生に責任を感じている。申し訳ないと思っているけれど、あまりにも横暴な兄の態度に傷つけられ、次第に憎しみを募らせていくんです」

「横暴な態度というと、暴力……あぁ、半身不随だったか。それなら暴言になるのかな」

男は再び沈黙する。そういえば長谷川氏の長い手紙に、事故後に弟をきつく責めたと書かれてあった。長谷川氏の目線に立って読んだので「怒りも仕方ないだろう」と読み流していたが、弟に罪の意識を自覚させ続けるために「お前のせいだ」「お前のせいでこうなった」と言い続けていたとしたら、それは相当なプレッシャーになっていただろう。

「暴言に加えて、弟が兄に体の関係を強要されていたという設定はどうでしょうか」

男はじっと菅野を見ている。自分の反応を「観察」するように。もしかしてこの男は、興味本位な客に気づいてカマをかけているんだろうか。それとも本当に二人の間にはそういう事実があったのか。確かに長谷川氏は弟に想いを寄せていたが、それはあくまでプラトニックだった筈だ。けどあそこに書ききれなかった事実が存在するとしたら……自己陶酔しつつも切なさのあったあの手紙が、途端に生臭さを帯びてくる。

店の中には自分たち二人しかいない。物音もしない。沈黙のせいで、自分の動悸《どうき》が相手に聞こえてしまいそうで焦る。

「あ、いや……しかしそういうのは……」

「アブノーマルなものは、読者に嫌がられてしまいますかね」

男の視線は菅野を捕らえて離さない。その圧力が気まずくて下を向く。

「いえ、そういう訳じゃないけど……意外すぎてちょっと驚いたっていうか」

「弟は兄の奴隷《どれい》でいることが我慢できなかった」

思わず俯《うつむ》けていた顔をあげる。それを待ち構えていたのか、男が菅野の額を撃ち抜く形で指さした。その口が笑うように薄く開く。

「身の回りの世話だけならまだしも、性行為を強要されることが辛くて仕方なかった。そんなことを何度も繰り返すうちに、嫌だという感覚も次第に麻痺《まひ》していったんです。そんなある日、雪の降った日に弟は兄と海辺を散歩するんです。弟は寒いから嫌だったけれど、兄は退屈だったんでしょうね。風邪をひくといけないからと何度言っても聞かなかった。冬の海なんてね、少しも楽しくないですよ。波は鈍色《にびいろ》で、潮風は強くて、ただただ凍《こご》えるほど寒いだけ。そのうち雪まで降ってきた。兄はそんな海を、飽くこともなくずっと見ているんです。そしてもっと近くで海を見たいと言い出した。弟は車椅子《くるまいす》を砂浜に降ろすんですが、車輪が砂に埋まって抜け出せなくなる。四苦八苦しているうちに、弟は考えるんです。兄をこのまま車椅子ごと砂浜に置き去りにしたら、どうなるんだろうって。で、実際に置き去りにして凍死させるんです」

あの、と男は続けて語りかけた。

「実際に手は下していないとしても、これは犯罪になるんですよね？」

これはたとえ話だ。それなのに見てきた、体験したかのように男は喋る。リアリティが気持ち悪い。もしかして、本当に長谷川氏を殺した……のか？　慌《あわ》てて妄想を打ち消す。確かに一度は疑われているが、証拠がなくて逮捕はされていない。そんな筈は……。

消えた妄想が蘇《よみがえ》る。証拠が出なかっただけで、本当は殺していたとしたら？　では目の前にいるこの男は殺人者ということか？　父親や兄はたまに殺人事件の被告人の弁護を担当していた。被告人は全員「有罪」が確定している。被告人に関わる誰もがそのことを知っている。だから拘置所や法廷でも、被告人には暴れぬよう、逃げぬようそれなりの対応がとられている。だがこの男は野放しだ。

人のよさそうな年上の男が、急に怖くなってきた。額に冷や汗が浮かぶ。この顔で、人を殺したかも知れない。怖い。思わず後ろを振り返った。新しい客が入ってこないだろうか。こんな山の中の寂れた場所じゃ無理だろう。じゃあ出て行ってしまおうか。けど話は中途半端だし、手許《てもと》のコーヒーはまだ熱く湯気がたっている。そもそも何の為に自分はこの店に来たんだ？　長谷川氏が溺愛した弟を見て……それで……。

落ち着け。目の前の男が本当に人を殺したと決まったわけじゃない。菅野は震えそうになるのを堪《こら》え、コーヒーを口許に運んだ。

「やっぱりあなたは警察の方ではないですか？」

静かに、確信を持った口調で男は追いつめてくる。

「まだ僕が兄を殺したと疑っているのではないですか？」

「まっ、まさか。警察なんかじゃありませんよ。僕は駆け出しの小説家で……」

両手でギュッとカップを握りしめる。茶色いコーヒーに自分の顔が映り、ゆらゆらと揺らいでいる。

「けどあなたは僕の兄が下半身不随だったこと、兄の殺人容疑が僕にかけられたことを最初から知っていたんじゃないですか？」

探るつもりが、逆に探られる。自分は、調子に乗り過ぎた。

「す……すみません」

思わず謝罪を口にしていた。

「あなたの話を知り合いに聞いて……その、興味を持って、この店に来ました」

男はこちらの耳と心が痛くなるような重苦しいため息をついた。

「最初からやけに立ち入った話をしてきて、遠慮のない人だと思っていたんです。作家だと聞いて納得していたんですが……あなたはいったい僕の何を知りたいと思っているんですか」

ただ「長谷川氏の弟を見たい」という衝動。いや、それだけじゃない。自分を動かしたあの手紙……長谷川氏のほとばしる情熱を、愛情を、本当に弟は欠片も気づくことはなかったのかと。

「……あなたの気持ちを……」

男はクックッと肩を震わせ、最後はハッハッと声をあげて笑いだした。男の笑い声が店の中に大きく響き、渦巻きながら反響する。何もおかしいことは言っていないのに、どうしてこの男は笑うのだろう。

笑いはスイッチが切れるように、ピタリと止まった。

「気持ちも何も、僕は警察で全て話しました。嘘偽りのない本音をね」

カウンター越し、男からはこちらを圧倒する苛立ちと怒りを感じる。自分は警察官ではないから、彼の調書を見る機会などないし、言動など知るよしもない。父親のメモ書きにあった「犯人と疑われ事情聴取を受ける」の字面《じづら》を読んだだけだ。

「下半身不随になった兄はただ生きているだけで、口を開けば『お前が悪い』『お前のせいだ』と僕を罵っていました。この人さえいなければ自由になると思ったこともありますが、それでも殺そうと考えるまでには至りませんでした。そんなことしたら、僕の人生は完全に終わりますから」

男は言葉を切り、簞笥の上にあるセルロイドの人形をぼんやりと見つめていた。

「……あの日、兄は海沿いを散歩してたんです。家から外へは車椅子で出られるようバリアフリーになっていたし、道路も舗装されていました。人目もないから気楽だったんでしょうね、たまに一人でウロウロしてました。兄がいないのをいいことに、僕は昼間っから台所で酒を飲んでいました。前の晩に何度も兄に起こされて寝不足だったせいで、それほど飲んでないのに眠り込んでしまったんです。起きたのは夜中で、その時に兄が戻ってきていないことに気づきました」

その時のことを思い出したのか、男は目を閉じた。

「探しに行くと、兄は浜辺に続く道の上で倒れて冷たくなっていました。車椅子の車輪が砂に嵌《はま》って抜けなくなったので、這《は》いずって帰ろうとしたんでしょうね。警察は僕が兄を砂浜に連れて行き、故意に放置したのではないかと疑っていました。僕は酔っぱらって寝ていたこと、兄がこの日に限って携帯電話を忘れて出かけたことも話したんですが、なかなか信じてもらえませんでしたね」

事実は明快で単純だった。複雑なことは何もない。

「お兄さんはあなたのことをどう思っていたのか知っていますか？」

男はさあ、と肩を竦《すく》めた。

「死んだ人間の考えていたことなんて、永遠にわかりませんよ。推測するとしたら僕は兄にとって『自分の人生を台無しにした男』で『都合のいい奴隷』だったんじゃないでしょうか」

そんなことはどうでもいいと言わんばかりに男は吐き捨てた。いや、ちょっと待ってくれ……菅野は心の中で呟いた。

「お兄さんはあなたのことを本当は大事に思っていたんじゃないですか？　現に遺産は全てあなたに残してたんですよね？」

途端、男の表情が険しくなり露骨に眉をひそめた。

「……どうしてあなたはそんなことまで知っているんですか」

しまった、と思ったがもう遅い。菅野が黙っていると、男はそれ以上は追及してこなかった。

「僕はもういいんですよ。人に何を言われようが、どう思われようが」

男は空になった菅野のコーヒーカップを手に取った。カウンターの内側から、水の流れるジャーッという音が響く。

注文をしない菅野に、男は水を出した。

「兄を救急車で病院に連れて行っている時から、もう助からない気がしていました。しばらく病院の廊下で待って……一時間、二時間ぐらい経った後かな、医者に呼ばれて『非常に残念ですが……』と言われた時、やっぱりと思ったんです。その後、警察が来て面倒な事になって……その時に思いましたね。どうせ死ぬなら、はっきり事故だとわかる形で死んでほしかったなって」

話をする男の顔には、何の罪悪感も読み取れない。

「兄が死ぬのは運命だったんですよ。砂から車輪が抜けなくなったのが夏だったら兄は死なずにすんだだろうし、誰か通りかかったら助けてもらえたでしょうから」

男は煙草を取り出し火をつけた。店から煙草の匂いはしなかったが、カウンターには灰皿が置いてある。男は煙をフッと吐き出す。

「僕のことを薄情だと思いますか?」

自分がこの男に何か言えるはずもない。

「十五年近く兄と富山の祖父母の家で暮らしました。昔は田舎の海が好きでした。けれどそこに住むようになり、兄が海を好きだと言うのを聞いているうちに、見るのも嫌になったんです。僕は兄の愛したものを、たとえそれに何の罪もなかったとしても愛したくなかったんだと思います。だから兄が亡くなったあと、祖父母の家を処分して海の見えないこの土地に引っ越してきました」

男は煙草を灰皿に押しつけて消した。断末魔のように細い煙が立ち上る。

「兄は僕を呼ぶ時にいつも携帯電話を使ってたんです。僕はどこにいても、何をしていても、携帯が鳴ったら兄の傍に駆けつけなくてはいけなかった。遅れたら罵詈雑言の嵐ですよ。それがキツくて……今でも時々、兄用に設定した着信音が聞こえる気がするんです。兄からの着信音なんて二度と鳴る筈がないのに、まるでホラー映画のようでしょ」

男がクスリと笑った。

「あの人、いなくなってからも僕の心を食い荒らして、永遠に復讐し続けるつもりなのかもしれないですね」

ドアが開き、客が入ってきた。男は客をテーブル席に案内する。カウンターに戻ってきた男は、再びコーヒー豆を挽く。煙草の匂いがまざったコーヒーの香りは、場末のスナックを彷彿《ほうふつ》とさせる。

二人連れの客は地元の人間のようで、言葉の端々《はしばし》に訛りが出ている。

男は二人組に注文の品を出した。カウンターに戻ってくると、もう野次馬な客の相手をする気はないのか、本を開いて読み始める。そして思い出したように背面にあるオーディオデッキのスイッチを入れた。二人組の話し声を邪魔しない程度の音量で古い映画音楽が流れだす。

「たとえば……」

自分という客の存在を消し去っている男に、菅野はおそるおそる問いかけた。

「もしお兄さんが亡くなった日をもう一度やり直せるとしたらどうしますか?」

男は「兄が死んだ日ですか?」と首を傾《かし》げた。

「やり直しても同じですよ。兄を海へ連れて行って、酒を飲んで眠り込み、気づかなかった未来を選ぶと思いますね」

レンタカーで駅に戻った菅野は、帰りの新幹線の時刻を一時間早めて乗り込んだ。

トートバッグの中から、あの手紙を取り出す。中には二十枚近い便せんがぎっしりと詰まっている。

死にゆくほど凍えた男は雪の中、冷たい地面を這いずりながら、死の間際に何を叫んだのだろう。それは助けを求める声か、それとも弟の名前だろうか。

長谷川氏は弟の心を手に入れていた。罪悪感、憎しみ、怒り……それらは薄れることはあっても、弟の胸から消えることはないだろう。そして長谷川氏の感情は、永遠に知られることもない。それでいい。知ったところで、理解も共感も得られないのだから。

菅野は東京駅のホームに降りたつと、ホームの中央にあったゴミ箱に手紙を捨てた。

……故人である長谷川氏の望み通りに。

ミーナ

教師が教室から出ていった。ピシャンとドアが閉まると同時に緊張が解けて、周囲が急にザワザワしてくる。加藤若菜《かとうわかな》の隣に座っていたボブカットの女子生徒が「はーっ」と大きなため息をついた。

ＣＭに出てくるモデルみたいにサラサラした髪で、顔も小さい。爪《つめ》もピカピカ光っている。マニキュアかもしれない。お洒落《しゃれ》な子だけど、ちょっと冷たい感じ。こういう子は話しかけづらい。ダサい癖に声かけるなって馬鹿にされそう……と思いつつ、チラチラと隣の席を盗み見する。

長い髪、太ってはないけど全体にムチッとした斜視の女の子がやってきて「華《はな》ちーん」と声をかける。

「一緒に帰ろ」

隣の子、華ちんは「うん」と返事をして立ち上がった。仲が良さそうだから、二人は同じ中学の出身なのかもしれない。不意打ちで「華ちん」と目が合った。知り合いがいて羨《うらや》ましがっているこっちの気持ちを見透かされてるようで気まずくて、たまたまそっちを見ていただけって風を装って顔を背《そむ》けた。

二人の気配が消えてから、周囲をそっと見渡してみる。男の子は半分ぐらいが帰っていて、女の子たちは何となく二、三人の集団になって話をしている。もうグループができかけている感じで、すごく焦《あせ》る。優しそうな子を見つけて早く仲良くならないと、明日から一人でお弁当を食べることになる。それだけは絶対に嫌《いや》だ。

高校進学と同時に、若菜は父親の転勤先の隣県に引っ越した。母親が「家族一緒が一番でしょ」と嬉しそうだったから言えなかったけど、本当は仲のいい友達と別れたくなかった。親友の春陽《はるひ》、優奈《ゆな》と一緒の高校に行きたかった。

二人のことを考えるだけで、胸がジクジクして泣きたくなる。前に住んでた所もけっこう田舎だったのに、こっちはもっと酷《ひど》い。コンビニまで歩いて十五分もかかるなんて信じられないし、駅前に店がない。高校からの帰り道にショッピングモールはあるけど、好きなブランドが入ってない。母親はいい。叔母《おば》さんが近くにいるから。群れることのできる人がいるから。自分は知らない街に放り出された捨て猫だ。

若菜はセーラー服のリボンを乱暴に引っ張った。これ、ダサい。セーラーの制服って、普通は中学まででしょ。高校生なんだから、ブレザーがよかった。

右肩を軽く突かれる気配に、驚いて振り返った。後ろの席の女の子が、口を大きくあけて……まるで外国の女優のようにニコッと笑いかけてきた。顔がマルチーズみたいに丸っこくて目が細い。髪は胸もとまであり、癖毛なのかちょっと膨《ふく》らんでいる。……親友の春陽に雰囲気が少し似てるかもしれない。

「名前、若菜っていうの？」

「そう」

「可愛《かわい》い」

褒《ほ》められて嬉しくなる。自分の名前はすごく気に入っている。加藤若菜って、芸名みたいだと言われたこともある。そのままどこかのアイドルグループにいそうだと。

「ありがとう。……あの、あなたの名前は？」

途端、その子が眉《まゆ》をひそめてヤバッと思う。『こっちは覚えてるのに、そっちは私の名前を知らないの』と思われたかもしれない。最初に出席番号順に自己紹介したのに、と。

「私、記憶力なくて。名前とか覚えられなくて……」

必死に言い訳する。その子はぶっきらぼうに「亀井《かめい》道代《みちよ》」と答えた。気まずいまま会話が終わってしまうのが嫌で「名前、どんな漢字？」と聞いてみた。

「道草の道に、君が代の代」

名前の響きも、使っている漢字も昭和のおばあちゃんノリだ。あなたの名前も可愛いね、なんて言ったら絶対に嫌味だと思われる。

その子は膨らんだ髪の毛に指先を絡《から》めて「自分の名前、大っ嫌い」と憎々しげに吐き捨てた。その気持ちわかる。自分もそんな名前をつけられたら、最低って思う。

「名前を呼ばれると、いつもゼツボウするの。だから私のことはミーナって呼んで」

真っ先に頭に浮かんだのは、三人グループのテクノユニットでセンターに立っている女の子だ。

「キッチュバードのミーナみたい」

眠そうに細いその子の目が、パッと大きく見開かれた。

「ミーナの顔、好き。キッチュバード、『フォーカウント』のエンディング歌ってたよね」

大好きな映画のタイトルが出てくる。若菜は興奮して顔が熱くなった。

「『フォーカウント』見た？」

その子は大きく頷《うなず》いた。

「見たよ。ジョージ・マスコット、メチャかっこいい」

「わっ、私もジョージ大好き。出てるのとか全部見てる」

嬉しくて声が裏返る。その子は「やっぱい」と笑った。

「ミーナは『ハインリヒの憂鬱《ゆううつ》』と『ホテルマン』は見たよ」

初めて会った子なのに、ジョージの話ができるって凄《すご》い。

「ミーナね、同じ中学から来てる子が少ないの。このクラスに知ってる顔いなくて」

思わず「私も」と若菜は身を乗り出していた。

「先月、こっちに引っ越してきたんだ」

「そうなんだ。前はどこにいたの？」

キツい感じもないし、ノリもいいし、話も合う。この子とだったら仲良くなれそう。明日のお弁当は一人で食べなくてもよさそうで、若菜は心の底からホッとした。

屋上は周囲にフェンスが張り巡らされ、二十人程が先に来てお弁当を食べていた。上履《うわば》きに入っているラインの色は二年の赤色や三年の緑色ばかりで、一年の黄色は二人ぐらいしかいない。「一年生なのに、こんなトコきていいの？」「生意気だと思われない？」と不安になる若菜をよそに、ミーナは平気でフェンス際に座り込んだ。若菜も黙って隣に腰掛ける。

外は風が強く、髪はバサバサするけど気持ちいい。空も青くて、埃《ほこり》っぽい教室の中よりも両手と両足がおもいっきり伸びる感じがする。ミーナが「屋上でお弁当食べたい」と言うからあがってみたけど、来てよかった。

高校に入学してから一週間。クラスの女の子たちも、だいたい三、四人のグループで固定してきた。おしゃれな子、地味な子……だいたい雰囲気の似た子が集まる。

若菜はいつもミーナと二人でいる。ミーナが休んだら一人になるから、三人ぐらいのグループになりたかったけど、他の子に声をかけられないままグループが固まっていくのを見ている。

ミーナは背が百六十七センチあり、細くてスタイルがいい。羨ましい。どうしたらそんなに細くなれるの？　と聞いたら、昔バレエをやってたからかなぁと教えてくれた。

「バレエって太っちゃ駄目だから、ずっとダイエットするの。そしたら食べなくても平気になっちゃった。ミーナ、コンクールに出て優勝したんだよ。先生にも絶対にローザンヌに行けるって期待されてたけど、足を怪我《けが》して諦めたの」

　ミーナの左足には、膝下《ひざした》からふくらはぎにかけて、薄くピンク色に肉の盛り上がった傷跡があった。

「怪我さえなかったら、ミーナは今でもバレリーナを目指していたと思う」

　ミーナはすっと右手をあげて、首を傾《かし》げた。何かよくわからないけどバレリーナっぽいポーズは、とてもかっこいい。若菜も母親に「バレエかピアノでも習う？」と言われて、一度だけバレエの体験レッスンに行ったことがあるものの、先生がとても厳しくて、絶対に嫌だと思って入会しなかった。

「怪我なんてかわいそう」

　ミーナは寂しそうな顔で「仕方ないよ」と目を伏せた。まだ十五歳なのに、夢を諦めないといけなかったなんて、悲劇だ。

　風を味わうように目を細めていたミーナが「食べよ」と膝の上にお弁当を広げた。いつも手のひらに載るぐらい小さいお弁当箱は、中身も可愛い。赤とか緑とか、彩りも綺麗《きれい》。毎日手の込んだお弁当でいいなと思って見ていると「何？」と聞かれた。

「ミーナのお弁当、いつも可愛いね」

「そう？」

「うちのお母さんも、もう少し考えてくれたらいいのに」

料理が下手な若菜の母親は、お弁当を手抜きする。冷凍食品を適当に突っこむだけの時もあって、文句を言うと「早起きして自分で作りなさい」と反撃された。娘の寝起きが悪いのを知ってて言うから、ムカつく。

「お弁当、ミーナが作ってるんだよ」

思わず「ええっ」と声が出た。

「そうなの!! 凄い」

「これぐらいだったらすぐできるし、大したことないよ」

「ミーナ、料理もできるんだ。ソンケーする」

つやつやしたミートボールを、ミーナはぷっくりした唇に運んだ。

「自分の好きなもの食べたいから。そしたらミーナが作る方がいいでしょ」

考え方がしっかりしてる。同い年でも背が高いだけじゃなくて、ミーナはどことなく大人びている。文句ばかり言ってないで、早起きしてお弁当作ってみようかなとちょっとだけ反省した。

「ねえねえミーナ、来週の土曜に映画に行かない? ジョージの新作、見たい」

ミーナは「来週かぁ」と首を傾げた。声の感じは、何となく気乗りしていない雰囲気だ。

「その日は都合が悪いかも」

「そうなの？」

「ママに手伝いを頼まれてるから」

「手伝いって、どんな？」

「ミーナのママ、音大を出てるの。音楽の仕事が土日に多くて、コンサートの準備を私も手伝ったりするから」

若菜の親戚《しんせき》に音楽方面に進んだ人はいない。プロの音楽家と聞くと、ただただ凄いなぁと尊敬する。

「何の楽器を演奏するの？」

「ヴァイオリン」

縦笛や木琴はやったことあるけど、ヴァイオリンなんて触ったこともない。高いのは数千万するんだとテレビで見たことがある。そういう貴重な楽器を、ミーナも運んだりするんだろうか。もし落として壊しでもしたらと想像し、怖《こわ》くてバッと鳥肌が立った。

ママがヴァイオリニストで、ミーナも怪我をするまでバレエをやっていたってことは、すごくお上品な家っぽい。お金持ちなんだろうか。

「ねぇ、家にお手伝いさんっている？」

「いるわけないじゃん」と笑い飛ばされるかと思っていたら、ミーナは「そういえば、前いたなぁ」と顎先《あごさき》に手を添えた。

「えっ、すごい。お手伝いさんのいる家って本当にあるんだ」

そんなのドラマやアニメでしか見たことない。

「昔の話だよ」

「ミーナの家、遊びに行きたい！」

指先を髪の毛に絡め「いいけど」と言いつつ、ミーナの声のトーンが下がっていく。

「一緒に暮らしているお祖母様《ばあさま》がすっごく厳しい人なの。ミーナは遊びにきてもらいたいんだけど、来たら若菜が嫌な思いをするかも。中学の時に友達を家に呼んでお祖母様に紹介したら、着てる服とか、言葉遣いとか色々小言を言うから、みんな引いちゃってそれから二度と来てくれなかったんだ」

食事をしている時、若菜は母親に「もっと背筋を伸ばして」「そんな汚い箸《はし》の使い方をしないの」とよく注意される。これでミーナの家に行ったら、厳しいお祖母さんに絶対に怒られる。怖い先生とか難しそうな人には、最初から近づかない方がいい。

「そっか……わかった」

「ごめんね。すごく古風で頭の固い人なの」

「謝らなくていいよ。だってミーナは悪くないんだもん」

ミーナは頭を横に傾けて、若菜の肩に頬《ほお》をくっつけた。髪の毛から、ふんわりとオレンジみたいな甘い匂《にお》いがする。

「若菜、優しいから大好き」

ミーナは人懐《ひとなつ》っこい猫みたいに、ペタペタくっついてくる。春陽や優奈とはそこまでスキンシップはなかったから、最初ミーナにハグされた時にはびっくりした。今はもうすっかり慣れっこになってる。

「私もミーナのこと好き」

二人で顔を見合わせて「フフッ」と笑う。出会ってまだ一週間なのに、本当に親友みたい。ミーナの膝からお弁当の蓋が落ちて、何か縦になってコロコロ転がっていって、それがおかしくて二人で声をあげて笑った。

ミーナは空を見上げて「明日、晴れるかなぁ」と呟《つぶや》いた。

「多分、晴れるよ」

「登山嫌だなぁ」

ミーナは膝に顎をのせ、唇を尖《とが》らせる。明日、一年生全員が近くの山に登る。登山とされてはいるけど、標高があまりないから「ウォーキングに毛が生えた感じだ」と先生は大したことなさそうに言う。地元の男子生徒で小中学生の頃に登った子もいて「またかよ」とうんざりした顔をしていた。

普通に歩くのだってけっこう疲れるのに、それが坂のある山道だともっとキツい。片道で歩いて二時間ぐらいかかるって聞いた時は、どうにかしてサボれないかすっごく考えた。行きと帰りに四ヵ所ずつチェックポイントがあり、制限時間内に判子《はんこ》を押してもらって通過しないと、補習が待ち受けている。先生の目がないからといって、ズルはできない。

「当日休む」って言っている子もいたけど、休んだら日を変えて同じコースで補習になる。一人ぼっちで歩くことを想像したら、嫌でも仲間のいるうちに終わらせちゃった方がマシだ。

「私も嫌。雨降ればいいのに」

若菜は雲一つない空を見上げて、問題を先のばしにするだけの無謀《むぼう》な願いをかけた。

翌日は少し雲が広がったものの、雨の気配のない登山日和《びより》になった。ジャージに着替え、リュックに水筒とお弁当を入れて、午前九時に一年生全員が学校の正門前をスタートした。

クリーム色に黄土色のラインが入った学校指定のジャージは壊滅的にダサい。袖口《そでぐち》とか足首をちょっと捲《まく》り上げたぐらいじゃこのダサさは消えない。髪も邪魔にならないよう後ろで一つに結びなさいと言われているから、本物のおばちゃんみたいになる。

かっこ悪い姿で、見せ物みたいに通りを歩いてから半キロもいけば、登山口が見えてくる。入口でチェックをうけてそれぞれ登山道に入っていく。男の子は無駄に元気で先にどんどん駆け上がっていき、女の子はグループで固まって、お喋《しゃべ》りしながらタラタラ登っていく。

通りを歩いていた時は昨日見たテレビの話をしていたのに、登山道に入ってから急にミーナは口数が少なくなった。登りがきついから話をしたくないのかなと思い、若菜も黙って隣を歩いた。道が平坦になり、三十メートルほど向こうにある木陰に古文の大石《おおいし》先生と現社の谷光《たにみつ》先生の二人が見えた。あそこが二つめのチェックポイントだ。若菜は首から下げたチェック用紙を摘《つま》んだ。そこには八つの升目《ますめ》がある。全部にスタンプをもらわないといけない。

「やっと二個目だよ」

横を向くと、ミーナがいなかった。あれっ？ と思って振り返ると、道の脇《わき》にしゃがみこんでいた。

「どうしたの？」

慌《あわ》てて駆け寄った。ミーナは若菜を見上げ「足、痛い」と呟き、ぽろりと涙をこぼした。

「凄く痛い。もう歩けない」

頭の中はパニックになって、グルグルしてくる。どうすればいいのかわからない。後から歩いてきたクラスメイトの岡崎《おかざき》が足をとめ「亀井さん、どうしたの？ 大丈夫？」とミーナに声をかけてくる。ミーナは左足を押さえて静かに泣いていた。

「加藤さん、先生を呼んできた方がいいんじゃないの」

岡崎にそう言われ、若菜はようやく動けた。チェックポイントにいる二人の先生のもとまで全力疾走する。「足が痛くて動けなくなってる子がいて……」と訴えると、現社の谷光先生が「僕が見てきます」と若菜と一緒に来てくれた。

どういう状態なのかを聞かれて、ミーナは「歩いているうちに足が凄く痛くなって」と左足のジャージを捲った。皮膚がうっすらと赤くなっているせいで、古い傷跡が大きく盛り上がって見える。

「赤くなってるなぁ。どこかで転んだ？」

教師が左足に触れると、そこは赤い部分じゃなかったのにミーナはビクッと体を震わせた。そんな反応に谷光先生は慌てて手を引く。

「昔、怪我をしたんです。普通に歩く分には平気なんだけど、たまに痛むことがあって」

ミーナは両目に浮かぶ涙を手のひらで拭《ぬぐ》った。谷光先生はウーンと唸《うな》って「山道がちょっとしんどかったかな」と腕組みした。登山道は狭くて車が入れないので、ミーナは谷光先生におんぶされて山を降りていった。

「はいはい、足を止めてないで登って！」

残った大石先生に追い立てられて、立ち止まっていた岡崎のグループを含めて十人ぐらいが歩き出す。若菜は足が痛いわけではないので、ミーナがリタイアして一人になっても登山を続けないといけない。他の子は友達と話しながら歩いているのに、自分だけ一人は寂しい。けど他のグループに「私も入れて」と言う勇気もなく、俯《うつむ》いて草むらばかりを見て黙々と歩いた。

山頂はとても見晴らしがよく、気持ちのいい場所だった。そよそよと吹く風に、額の汗がスッと引いていく。足の疲れも忘れて、若菜はぼんやりと遠くの景色を見つめた。

後ろを通り過ぎていった、楽しそうな話し声でハッと我に返る。そう、ここで一人きりでお弁当を食べないといけないんだった。

今日は一年生が全員参加だ。一人でいると、他のクラスの子から「あの子、ぼっちなんだ」ってきっと思われる。足が痛くなって友達が先に帰っちゃっただけど、そんなのどこにも書いてないからわかってもらえない。

一緒にお弁当を食べる友達がいないかわいそうな子って目で見られるのが嫌で、若菜は人のいない場所を探して木陰をウロウロした。岡崎と寺沢《てらさわ》が大きな岩の下でお弁当を食べている。いいな……私も入れてくれないかなと思って見ていると、岡崎がこちらに向かって右手を振った。振り返っても後ろには誰もいない。

「加藤さん、こっち」

おそるおそる近づくと「一緒に食べない？」と誘われた。

「亀井さん帰っちゃったんでしょ。一人じゃ寂しいよね」

返事ができずにいると「他のクラスに仲のいい子がいる？」と聞かれた。

「いっ、いない。一緒に食べてもらえるとすっごく嬉しい」

どーぞ、と岡崎がスペースを作ってくれて、緊張しながら二人の間におさまった。手芸部で眼鏡《めがね》の岡崎、帰宅部でショートカットの寺沢の二人組。クラスの中でも地味で真面目《まじめ》そうな子たちで、この子たちなら仲良くなれそうだなと勝手に心の中で思っていた。

ミーナとばかり一緒にいるので、他の女子については何の部活をしているのかぐらいしか知らない。二人は若菜が高校からこの土地に来たと知って驚いていた。自己紹介の時、言ってもわからないだろうと思ったから、わざと出身中学を言わなかった。

「加藤さん、亀井さんと同じ中学かと思ってた。すごく仲良さそうだし」

岡崎の言葉に、寺沢が同意して大きく頷く。

「違うよ。ミーナ……あ、亀井さんはクラスに同じ中学からきた子がいなくて、私も引っ越してきたばかりで一人だったから、自然と話すようになったんだ。席も近かったし」

「亀井さんてどこの中学だろ？」

呟きながら岡崎が頬杖をついた。「富嶋《としま》第二中みたい」とミーナに聞いていた通りに教えてあげると「あれっ？」と首を傾げられた。

「うちのクラス、富嶋第二の子いるよ」

「そうなの？」

「華ちんとくーたん、富嶋第二だよね」

岡崎が同意を求め、寺沢が「そうだったかも」と頷く。華ちんこと秋本《あきもと》華は美人で目立っていて、ぽっちゃりした楠田《くすだ》彩香《あやか》といつも一緒に行動している。秋本とは席が近いのに、まだ一度もちゃんと話をしたことがない。美人で話しかけづらい雰囲気だし、向こうから話しかけてくることもない。……何となくだけど、嫌われているような気がする。

「富嶋第二って大きいからね。クラスが違うと『顔を見たことある』ぐらいになっちゃって話しづらいのかも」

岡崎がお弁当のたけのこにガブッとかじりつく。煮物が多い茶系の地味なお弁当が、冷凍食品ばかり突っこまれる自分の雑なお弁当と似ていて、ホッとする。

「あのさぁ」

寺沢が箸の先で若菜を指《さ》す。おとなしい二人だけど、寺沢は目尻が上がってて気が強そうな顔をしている。

「ずっと気になってたんだけど、どうして亀井さんのことをミーナって呼んでるの？」

「自分の名前が嫌いだから、ミーナって呼んでって最初に言われたの」

「へぇ、亀井さんて変わってる〜」

ストレートにズバリと言うので驚いた。若菜は変わっていると思わなかったので「そうかな」と消極的に否定する。

「亀井さんて下の名前が道代だっけ？　雰囲気的にはミッチって感じ。ミーナって可愛すぎでしょ。キッチュバードのメンバーを想像しちゃう」

友達の悪口を言われたように聞こえてムッとしたけど、言い返せない。お昼に誘ってもらってるし、いい雰囲気を壊したくない。

「坂井《さかい》が自分のこと、ジョージって呼べって言ってる感じかも」

岡崎の呟きに、若菜は思わず吹き出していた。寺沢もお腹を抱え、声をあげて笑っている。クラスメイトの坂井城太郎《じようたろう》は、背が百四十五センチしかないので、いつも「ミニ」とか「チビ」とからかわれている。そんな坂井にジョージは渋すぎて、小柄な体でだぼだぼのスーツを着せられてるみたいなイメージで、まるで似合ってない。

「ジョージじゃなくて、ジョンでいいよ」

寺沢が提案し、すかさず岡崎が「それじゃ犬でしょ」とつっこむ。やり取りがおかしくて若菜はまた笑った。しばらく坂井のネタで盛り上がり、身長の話をしているうちに寺沢がまたミーナを持ち出してきた。

「亀井さん、背が高くてスタイルいいよね」

変わっていると言う癖に、ミーナが気になっているようだ。

「羨ましいよね。姿勢もいいし。昔、バレエをやってたんだって」

ミーナ情報を小出しにしてみる。岡崎はペットボトルのお茶を一口飲み「あーそんな感じ」と頷く。

「怪我してバレエはやめたんだって。けどすごく才能があったみたいで、コンクールで優勝して、先生にはローザンヌに行けるって言われてたって……」

ええぇっと寺沢は奇声をあげた。

「それって、メチャ凄いよ。私の友達も三歳からずっとバレエをやってて、大会でもよく入賞してるけど、ローザンヌなんて夢だって言ってたよ。一次審査か書類審査みたいなので、殆《ほとん》ど落ちちゃうんだって」

ローザンヌはよく聞くし、凄い大会らしいというのはわかっていても、具体的にどういうものなのかは知らない。ふうん、と相槌を打ちながら、やっぱりミーナは凄いんだなと誇らしくなった。

　ミーナがいなくなって、一人で山を登っている間は寂しかったけど、お弁当と下山は二人と一緒にワイワイ話ができた。寺沢の言葉にちょっとムカついたりしつつも、やっぱり人数が多いと楽しい。ミーナもあわせて四人のグループになれたらなぁ、なんて考えてしまった。

　教室に戻り、着替えをしていると離れた席にいた寺沢が近づいてきた。

「加藤さんってスマホ持ってる？」

「持ってない」

「そうなんだ。私の周《まわ》りって、普及率低いんだよね。岡ちんも持ってないし」

　ブツブツ呟きながら、寺沢は赤いスマートフォンを鞄《かばん》にしまった。クラスに持ってない子もけっこういそうでホッとする。

　中学を卒業した時に、高校生になるんだからスマホが欲しいと母親に訴えた。でも引っ越しでお金がかかったのと、変な使い方をするんじゃないかと警戒されたのか、拒否された。それでもしつこくねだっていると「じゃお誕生日にね」と言われてしまった。誕生日は三月。あと一年近く持てないと思うと目の前が真っ暗になった。教室で使っている子を見ると羨ましくて嫉妬《しっと》したけど、一番仲のいいミーナも持っていなかったから救われた。そういえばどうしてミーナは持ってないんだろう。お金持ちなのに。お祖母さんが厳しそうだから「スマートフォンなんて必要ありません」とか言われて持たせてもらえないのかもしれない。

簡単なホームルームの後、若菜は担任の柴田《しばた》先生を呼び止めて、ミーナのことを聞いてみた。柴田先生は数学担当の三十七歳でベース型の輪郭《りんかく》、額と鼻がいつも脂《あぶら》でテカテカしてるのが気になる。

保健室で休んでいると教えてもらったので様子を見に行くと、ミーナは制服姿で椅《い》子《す》に座り、保健の先生と楽しそうに話をしていた。具合が悪そうにベッドで横になっている姿を想像していたから、あれっと拍子抜けした。

足は、昔痛めた部分に負荷をかけたことで一時的に痙攣《けいれん》するようになってしまったのだろうということだった。もう痛みは引いて歩けるらしく、一緒に帰った。登山道で泣いていたのが嘘《うそ》のように、痛めた足の動きは軽やかだった。

ミーナから「一人にしてごめんね」「寂しかったよね」と言ってもらえるような気がしていたのに、そんな雰囲気はちっともなくて「これ、秘密だよ。谷光先生にジュースおごってもらったの」とか「お昼は保健室で食べたんだけど、保健の先生がデザートを分けてくれたの」と自分のことばかり話していた。なので若菜は山頂で岡崎と寺沢と一緒だったことを切り出せなかった。

「そうだ、私ね補習に出なくていいみたい」

ミーナが嬉しそうに報告してくる。

「山道で無理をしたら、また歩けないぐらい足が痙攣しちゃうかもしれないって、保健の先生が体育の村上《むらかみ》先生に話してくれることになったの」

「……そうなんだ。いいなぁ」

思わず本音が出てしまう。

「この足のことで随分と泣いたけど、少しはいいことあったかも」

羨ましいなんて思った自分が急に恥ずかしくなった。ミーナは好きで怪我をしたわけじゃないし、そのせいで才能のあるバレエも諦めたのだ。辛い思いをしたと知っていたのに、補習をしなくてよくなったぐらいで僻《ひが》むなんて人としてダメだ。

「ごめんね、ミーナ」

何も言ってないのに、こちらの気持ちを察したように「いーよ」とミーナは微笑《ほほえ》んだ。

「ねぇ、何か甘いもの飲みたい」

ミーナに誘われ、二人でショッピングモールの中にあるシェイクショップに入った。座席は十五席ほどあるものの店内は狭いので、テイクアウトして通路のベンチで飲んだり、手にしたまま買い物している人も多い。

定番スポットなので、同じ高校の生徒を頻繁《ひんぱん》にみかけるけど、その日店内にいたのは子連れのママと、中学生のお客さんが二組だけだった。若菜は苺《いちご》のシェイク、ミーナは生クリームにミニチョコをトッピングしたバナナシェイクを頼んだ。先に若菜がシェイクをもらってキープしてあった席に戻ったところで「キャッ」と悲鳴が聞こえた。振り返ると、ミーナの制服の胸もとからスカートにかけて、シェイクがダラダラと流れ落ちていた。

「もっ、申し訳ありません。お客様」

カウンターから大学生ぐらいの女性店員が飛び出してくる。

「……ひっ、酷いっ」

ミーナは真っ青だ。顔がくしゃりと歪《ゆが》んで、泣いてしまうのではないかと思ったのも一瞬。ミーナは威嚇《いかく》する猫のように険悪な顔になり「ちょっと！」と声を荒らげた。

「何これ！　どうしてこんな酷いコトするの！　嫌がらせ？」

激しい剣幕で店員を怒鳴りつける。その勢いに圧倒されて、若菜は息を呑《の》んだ。

「いっ、いえ。そんなわけでは。つい手が滑ってしまいまして……」

女性店員が、怯《おび》えた顔で震えている。

「こんなことされたら、もう家に帰れないでしょ！　最悪！」

声が大きいから、通りかかる人が何ごとかとシェイクショップの店内を覗《のぞ》き込《こ》んでいく。みんなミーナを……こっちを見ている。恥ずかしい。

「本当に、本当に申し訳ありません」

店員は深く頭を下げる。制服を流れ落ちるシェイクが悲しくて、若菜がそっとハンカチを差し出しても、ミーナは目もくれずに店員を睨《にら》んでいる。

「謝ればすむと思ってるの！　店長を連れてきなさいよ！」

ミーナの怒りは凄まじく、バックヤードに引っ込んだ女性店員は、すぐさま店長と名札のついた三十前後の男の人を連れてきた。

「ちょっと話をつけてくる」

そう若菜に言い残し、ミーナは事務室に入っていった。若菜は汚れた床を掃除する店員を横目に、一人でシェイクを飲んだ。自分が何かしたわけじゃない、されたわけでもないのにすごく気まずい。店を出て行ってしまいたかったけど、お互いにガラケーもスマホも持ってないから、いなくなったら連絡が取れない。酷い目に遭ったミーナを置いて帰れない。

五分……十分……二十分待っても戻ってこない。もしかして家に帰ったんだろうか。ミーナのリュックは若菜の向かいの席にあるから、これを置いて帰るとは思えない。三十分を過ぎた頃、ようやく「若菜～」とミーナの声が聞こえた。

ミーナは制服ではなく、半袖のボーダーのトップスに、ショートパンツを穿《は》いて戻ってきた。背の高いミーナによく似合っているけど……。

「その服、どうしたの？」

「着替えがないって言ったら、店からのお詫《わ》びだって買ってもらったの」

ミーナは生クリームにミニチョコがトッピングされたシェイクを片手に、若菜の向かいに腰掛け、指先を髪に絡めてため息をついた。床に置かれた紙袋の店名は、ショッピングモールの中にあるブランドだ。

「着替えだったら、ジャージを持ってるじゃない」

座っている椅子の背もたれに引っかけてある学校指定のリュックに、登山の時に着ていたジャージが入っている筈だ。

「あんなダサいの着て外なんか歩けないわ。死んじゃう」

部活をやっている子は、ジャージで登下校している子も多い。かっこわるいけど、死ぬ訳じゃない。

「今日は本当にもう嫌なことばっかり」

シェイクを美味《おい》しそうに飲んでいるミーナを横目に、若菜はもう殆ど残っていないシェイクの底をかき混ぜた。

「あっ、けど……服をもらえてよかったね」

「これぐらい当然よ」

ミーナは堂々と胸を張った。

「あんなに嫌なことされて、同じ高校の生徒もくる店でこれ見よがしに見せ物にされたんだもの。よく泣き出さなかったと思うわ」

見せ物というものの、あの時店に同じ高校の生徒はいなかった。シェイクをかけられるのは嫌だけど、服を買ってもらえるなら……自分ならちょっとぐらい我慢したかも。制服はクリーニングすれば元通りになる。

「怒ってたミーナ、怖かった」

途端、ミーナの目が悲しそうに細められる。慌てて「ちょっとだけ」と付け足した。

「正義の為なら、ミーナは闘うよ。曲がったことは大嫌い。あの店員はミスをしたんだから、その分はちゃんと償《つぐな》わないとフェアじゃないでしょ」

自信満々に主張されると、ミーナが正しい気がしてきた。それでもやっぱり怒ってるミーナは怖かったし、新しい服は羨ましかった。

家に帰ってから、夕食の時に母親に話した。仲のいい子がシェイクを制服にかけられて、かわりに新しい服を買ってもらってたんだよ、と。

「服とかいいよね。すっごく羨ましかった」

母親の前では、ストレートに本音が出てしまう。

「そうねえ。悪いのは店員なんだろうけど、ジャージに着替えたら家に帰れたんでしょ。それを隠して服を買わせるのはちょっとやりすぎなんじゃないの」

母親は、あの時の自分と同じことを言ってる。

「その子に買った服のお金は、結局は店長か店員のお給料から出さないといけなくなるんじゃないの。そうなったら逆に気の毒よ」

「けど、失敗したらその分は償わないといけないでしょ」

「それにも限度ってものがあるでしょ。クリーニング代を出してもらえば、それで十分だったと母さんは思うわ」

若菜は黙り込むしかなかった。母親の言っていることは正しい。そしてミーナも間違ってない。本当に嫌な思いをさせられたんだから。正しいことを決められなくて、頭の中がグチャグチャしてくる。

けどテレビを見ている間にシェイク事件のことはすっかり忘れて、ベッドに入って眠る前におまけみたいに思い出した。やっぱり怒っていた時のミーナの顔は怖かったなと、そんなことを考えながら若菜は目を閉じた。

授業の予鈴が鳴ってもミーナは教室に姿を現さなかった。どうしたのかな？　休みかな？　前の日に痛めた足が、また痛くなったとか……悪いことばかり考えていると、本鈴と同時に教室の中に入ってきて、ホッとした。息を切らし教室を横切るミーナの髪は、少し膨らんでいる。

休み時間になり、後ろを振り返る。ミーナは鏡を取りだし、膨らんだ髪をとかしていた。

「今日、来るの遅かったから休みかと思った」

ミーナは「寝坊しちゃった」と小さく舌を出した。

「昨日の夜、ママの発表会の手伝いをしてたんだけど終わらなくて、寝たのが二時ぐらいだったの」

「学校があるのに、そんな時間まで！」

「けど発表会にはギリギリ間に合ったの。よかった」

母親の為に、次の日は学校なのにそんな遅くまで頑張って偉《えら》い。若菜がミーナの頭を撫でると「私、いい子過ぎるかなあ」と甘えるように目を細めた。

何となく視線を感じて振り向くと、秋本華がこっちを見ていた。視線が合ったのに、スッと逸《そ》らす。話を聞いていたんだろうか。別にいいけど、ちょっと感じが悪い。

お昼休みになり、その日も天気がよかったので屋上にあがった。今日のミーナのお弁当も、小さくて可愛かった。

「あれっ、お弁当作ってきたの？」

ミーナは「うん」と頷いた。

「遅刻しそうだったのに、よく作れたね」

「今日は特別にママが作ってくれてたんだ」

ミーナとミーナのママはお弁当の作り方がそっくりだ。親子なんだから、当たり前なのかもしれない。

「ママも料理が上手なんだね。いいなあ。うちのお母さんって、冷凍食品が多いからすっごく嫌だ」

ミーナはフフッと笑って、天むすになったおにぎりをパクッと一口食べた。

「そういえば昨日、ミーナは登山の途中で帰ったじゃない。あの後、岡崎さんと寺沢さんと一緒にご飯を食べたんだ」

岡崎さん？　とミーナは首を傾げる。

「そう。あの人たち、面白いよ」

ミーナは無言だ。若菜的には、あの二人ともお近づきになりたい。グループ学習とか言われた時も、あの二人と一緒にやれたら気が楽。けどミーナは乗り気じゃなさそうだ。

「私、あの二人って苦手」

ぽつんとミーナが呟いた。

「そう？　寺沢さんははっきりした性格だけど、二人ともいい子だよ」

「だってあの人たち……」

ミーナは周囲を見渡し、若菜の耳許《みみもと》に口を寄せた。

「子犬を殺してたんだもの」

背筋にゾゾッと怖気《おぞけ》が走る。ミーナは若菜の目を見て「他の人には絶対に言わないでね」と口許に人差し指をあてた。

「水曜だったかなぁ、ママに頼まれてお使いに行ってたんだ。その帰りに川沿いを歩いてたら、川岸に人がいたの。寺沢さんと岡崎さんで、何してるんだろうって見てみたら、生きた子犬を埋めてたんだ」

若菜は手が震えてきた。

「うっ、嘘でしょ。それってもう死んでたんじゃないの」

「生きてたよ。だって犬の鳴き声が聞こえてきたもの」

決定的だ。

「ミーナ、走って帰ったよ。その日、怖くて眠れなかった。クラスメイトにそういうことをする子がいるなんて、信じられなくて」

かわいい子犬が生きながら埋められる場面を想像しただけで、涙が溢《あふ》れてくる。

「酷いよ。もう意味わかんないよ」

「寺沢さんって、犬を沢山飼ってるみたい。だから子犬が生まれても、引き取り手がなかったらああやって殺してるんじゃないかな」

「そんなの、ちゃんと去勢手術すればいいだけじゃん」

「無責任な飼い主っているんだよ」

物をはっきり言う子だけど感じは悪くなかったのに、本当の姿を知ってしまうと、これまでと同じようには見られない。山の上で話をした時、ミーナって呼び名を変わってるって言ってた。違う、変わってるのは、おかしいのはあの子の方だ。若菜はミーナの腕を摑《つか》んだ。力が入って、変に震えた。

「人って怖い」

「うん、怖いね。同じクラスなのはどうしようもないから、そういう裏の顔のある子とは、できるだけ関わらないようにしよう」

若菜は大きく頷いた。ミーナがいて本当によかった。ミーナがあの子の本性に気づいてくれてよかった。けど……クラスメイトはあの二人の本性を知らない。特に石田《いしだ》のグループがあの二人と仲良くしてる。嫌な目に遭ったりしないだろうか。

「ねぇ、岡崎さんと寺沢さんのこと他の子に教えてあげなくてもいいのかな。石田さんのグループの子とか……」

ミーナは「言わない方がいい」と断言した。

「そんなの嘘だって言われたら終わりだし。私は現場をこの目で見たけど、他に証拠はないもの。あの二人が尻尾《しっぽ》を出さなかったら、逆に私たちが嘘つきって言われて馬鹿を見るよ」

そうなのかもしれない。

「関わらなかったら、こっちに害はないと思う。だからあの二人は無視してよう」

他に手だてはなさそうだ。ミーナは「信じられるのは、若菜だけ」とぴったりくっついてきた。

「ニュースとかで、よく言ってるじゃない。凶悪な殺人犯の近所に住んでいた人が『とても良い子だった』とか『そんな大事件を起こすなんて、信じられない』っていうの。それって、あの二人みたいに普段は普通の顔をしてて、裏で怖いことする子なんじゃないかなって思う」

将来、寺沢と岡崎は殺人をおかしそうだとミーナは言う。若菜も、将来人を殺してしまうのは、あの二人みたいな子なのかもしれないと思った。

五月に入ってすぐだった。家庭科の実習で八宝菜《はっぽうさい》を作ることになり、出席番号順に男子三人、女子三人の計六人で一組になった。若菜はミーナと同じ班になり、そこには出席番号の近い岡崎も入った。

「他の子のことってよく知らないから、加藤さんと同じ班でよかった」

岡崎は嬉しそうだったが、若菜は気が重かった。生き埋めの話を聞いて以降、岡崎や寺沢がこっちと親しくしたそうな雰囲気を見せても、わざと気づかないふりをしてきた。犬を殺すような子たちだから、怒らせたら何をされるかわからない。刺激しないように、露骨に避けないようさり気なく距離をとってきた。話しかけられたら返事をするけど、それだけ。自分から積極的に話をすることはなく、そして前以上にミーナと一緒にいる時間が増えた。

「私も知ってる人が多くてよかった」

当たり障《さわ》りのない返事をして、ちょっとだけ笑っておく。そして「ねえミーナ」とまだ話したそうな岡崎に背を向けた。

実習は三、四時間目に続けて行われた。教室で班ごとに集まって先生の説明を聞き、それから実習室に移動して調理をはじめる。

「ミーナは料理が上手だから、すごく安心」

若菜が話しかけると、ミーナが返事をする前に岡崎が「亀井さんて料理が得意なの？」と話に割り込んできた。ミーナが黙り込んだので、放っておくこともできずに若菜が「すっごく上手《うま》いよ」と答えた。

「お弁当も可愛いのを毎日、自分で作ってきてるんだよ」

岡崎は「凄いね〜」と相槌を打って、返事をしなかったミーナに気づいたのか、それ以上は聞いてこなかった。エプロンをつけて、調理がはじまる。六人の中で、料理をするのはミーナ一人。男子三人は料理もしないし、包丁を持ったことのない子もいて、仕方がないので野菜の洗いに回ってもらい、ミーナには野菜全般を切るのをお願いして、若菜と岡崎は調味料の計量をはじめた。

ドサッと音がすると同時に「キャッ」と悲鳴があがった。顔を上げると、ミーナが実習室の床に倒れこんでいた。

「ミーナ、ミーナどうしたの！」

駆け寄ると、ミーナは少し赤い顔で震えながら「目が回って……」と弱々しく首を横に振った。

「貧血かもしれない。前もこういうことがあったの……」

立ち上がれないミーナは、保健委員に支えられて実習室を出ていった。五分ぐらい中断したものの、実習はすぐまた再開される。ミーナは心配だけど、頼りにしていた経験者がいなくなったことで、若菜と岡崎が主力になって頑張らないといけなくなってしまった。

　野菜は全くといっていいほど切れてない。若菜が教科書を見ていると、岡崎が「亀井さんて、体が弱いの？」と聞いてきた。

「そんなことないと思うけど……」

「登山の時も途中でリタイアしちゃってたし」

「あれは昔の怪我のせいだから」

「あぁ、そうだったっけ。帰り普通に歩いてるのを見たから……」

　何か引っ掛かる言い方を確かめる時間もなく、岡崎と二人、大急ぎで野菜を切った。フライパンで野菜を炒め、調味料で味付けする頃になっても、食べる段になってもミーナは戻ってこなかった。

　実習室のテーブルで、班ごとに集まって出来上がった八宝菜を食べていると、寺沢の声が聞こえてギョッとした。いつの間にか若菜の班に寺沢が紛れ込んで、ミーナの為に空けていた椅子に座って岡崎と話をしている。そこに座られると、ミーナが戻ってきた時に座る場所がなくて困るのに……苛々《いらいら》する。

　今の場所を離れたいけど、自分はミーナの他に気軽にお喋りできる友達がいない。実習中なのに、他の班に来るなんて駄目なんじゃないの？　と思ったものの、片づけの終わった班は人があちらこちらに入り乱れていて、先生も全く気にしていなかった。

岡崎は洗い物の水気をふきんで拭いていく。

「そうだ、寺ちゃん、ワンコの引き取りっていつ頃できそう？」

寺沢は「来週頭にはオッケーだってママが言ってた」と返事をする。二人の会話を耳に入れないよう、でも洗い終わってすることがないのでシンクを徒《いたずら》に磨いていた若菜は「ワンコ」の言葉にギョッとして顔を上げてしまった。寺沢と目が合う。

「ねぇ、加藤さん。犬と猫だったら、どっちが好き？」

心臓がキュッと竦《すく》み上《あ》がった。怖い。どうしてそんなこと聞いてくるんだろう。返事をしたくなくてもここで、露骨に無視することはできない。

「……犬」

寺沢は「やっぱり」と満足げで、岡崎が「猫かと思ったのに」と呟く。「犬が好きそうな顔をしてるもん」と寺沢は得意げだ。

「あのさ、家で何か飼ってる？」

こっちは話したくないのに、ぐいぐい押してくる。

「……飼ってない」

犬は好きでも、前に住んでいた家は賃貸マンションで、動物は飼えなかった。

「もしミニチュアダックスが欲しくなったら言って。うちブリーダーしてるから、格安で可愛い子譲ってあげるよ」

岡崎に「あー学校で営業してる」と言われ、寺沢は「いいじゃん」と唇を尖らせた。

「知ってる人にもらわれていく方が、安心なんだもん。友達なら遊びに行くついでに見に行けるし」

ミーナは、寺沢が犬を沢山飼っていると話していた。親がブリーダーなら、犬が何匹いても不思議じゃない。そういえば昔、悪徳ブリーダーっていうのをテレビでやっていた。狭いところに犬を押し込めて、無理に子犬を作らせて……。寺沢の家も、そんな感じじかもしれない。

「……子犬って、売れ残ったりするの？」

探りを入れる声が、緊張して震えた。

「んーっ、今のとこないなあ」

岡崎が若菜のいるシンク側に身を乗り出す。

「寺ちゃん家《ち》のミニチュアダックス、コンクールで優勝したことあるからすごく人気なんだって。海外からも買いに来る人がいるらしいよ」

「褒めるなよ〜照れる」と寺沢が恥ずかしがり「褒めてるのはワンコだし」と岡崎がツッコミをいれる。

「けど寺ちゃん、犬好きだよねえ」

岡崎の呟きに、寺沢は力強く「大好き」と答える。

「小さい頃からいつも一緒だったし、犬のいない生活なんて考えられないよ。将来は獣医になれたらいいなと思っててさ」

はにかみながら夢を語る顔が怖い。犬を平気で殺すのに、どうして獣医になろうなんて思うんだろう。意味不明。本当は怖い子なのに、こんなこと言ってたら、みんな騙されるんじゃないの？……もしかして自分も、二人がかりで騙されてるの？

「子犬って体が弱かったり、死んじゃったりする子はいないの？」

急に真面目な顔になり「いるよ」と寺沢は頷いた。

「死んで生まれた子とか、すぐに死んじゃう子とか。そういうのは自然の摂理《せつり》で仕方ないんだよね」

「死んじゃった子犬って、どうするの？」

どうしてそんなことを聞くの？と言いたげな顔で「普通にペット葬祭場で火葬だ

よ」と怖い子は答える。

「そのまま埋めたりはしないの？」

「だって埋めるとこないし。公園は叱られるしね」

嘘だ。ミーナは川岸に……。

「あっ、そういえばこの前、ワンコを埋めたよね」

岡崎の言葉に、若菜は体が硬直した。

「あれは野良の子犬じゃん。流石《さすが》に死んだ野良を家に連れて帰っての火葬はできないし。ていうか、前にそれやってママに怒られたし」

若菜は状況が摑めない。

「この前ね、寺ちゃんと一緒に帰ってたら、子犬が道の端でうずくまってて、それをカラスがつっついてたの。まだ生きてたから、カラスを追い払って病院に連れていこうとしたら、死んじゃったんだよね。それを寺ちゃんが抱いて川岸までつれてって、埋めたの」

岡崎が説明してくれる。「だってそのままにしておくの嫌だったんだもん」と寺沢は頬を膨らませた。

「野良犬や野良猫が死んだのって、保健所とか市役所に連絡したら引き取ってくれるんだけど、燃えるゴミで処理されるんだよね。あんなに小さい子がゴミと一緒っていうのが嫌でさ。川岸に埋めるのも本当はいけないのかもしれないけど、小さいからすぐ土にかえるだろうと思って」

若菜は頭が混乱してきた。この子たち、嘘をついてる。ただどこからどこまでが嘘なのかわからない。ミーナは犬が生きてたって言ってた。鳴き声がしたから、生きてたって。もしかして二人は、怪我した犬が助からないと思って生きたまま埋めたんだろうか。もしそうだとしても、すぐに死んでしまう犬だったとしても、それってやっぱり生き埋めってことになるんじゃないだろうか。

「怪我してたあの子も、もうちょっと早く見つけてたら助かったかもしれない。でもこればっかりはどうしようもないよね」

寺沢はしんみり呟く。場の空気が重たくなり、その気配を察したのか「ちょっと話は変わるけど」と寺沢は明るい声をあげた。

「先週、中学の時の友達に会ったんだ。バレエやっている子もいたから、亀井さんのことを聞いてみたら、知らないって言ってた。地元の子でコンクールに入賞するような上手い子を自分が知らないわけないって言ってて……もしかして亀井さんも加藤さんみたいに途中で引っ越してきた子なのかな？」

「よく……知らないけど……」

そうとしか若菜は言えなかった。片づけも終わる頃になって、ようやくミーナが戻ってきた。ふらついてないし、顔色もいい。

「大丈夫？」

ミーナは「うん」と頷いた。

「ずっと目眩《めまい》がしてて起きあがれなかったけど、もう大丈夫」

返事を聞いて、ホッとする。

「あっ、ミーナの分の八宝菜、ちゃんと残してあるからね」

ラップをかけたお皿を指さすと、ミーナは苦笑いした。

「私はいいよ」

「遠慮しなくていいから」

するとミーナは若菜の耳許に唇を寄せた。

「……本当言うと、八宝菜って好きじゃないの……」

ひっそり囁《ささや》く。視線が合うと、ミーナはニコッと笑った。

「だから今日は倒れちゃって、ラッキーだったなって」

ミーナが食べなかった八宝菜は、同じ班の男の子が食べた。残らなくてよかったけれど……若菜の胸には拭いても拭いても曇りの取れない窓ガラスの汚れみたいに、モヤッとしたものが残った。

六月の半ば、ジリジリと暑い日射しの中、若菜はしゃがみ込んでグラウンドの草むしりをしていた。来月、地区の親善スポーツ大会のハンドボール試合が行われることが決まり、急遽《きゅうきょ》一年生全員がグラウンドの清掃に駆り出された。

ミーナは校庭に出て十分もしないうちに「ちょっと気分が悪いの」と言い残し保健室に行ってしまった。友達だから疑いたくないのに「本当に気分が悪いの?」と思ってしまう。草むしりが嫌で、サボっただけなんじゃないの、と。昨日、屋上でお弁当を食べた。けっこうガンガン日が差してたのに、ミーナは気分が悪くなったりしなかった。今の日射しは、昨日のお昼の屋上と同じぐらいに感じる。

むしった草を大きなビニール袋の中に入れる。そうして元の場所に戻ってまたむしりはじめると誰か傍にやってきた。寺沢だ。離れるのも露骨で、隣の気配を我慢する。

「亀井さんと一緒じゃないの、珍しいね」

「ミーナは保健室。気分が悪いって」

寺沢はハハッと笑った。

「彼女、面倒くさそうな時に限っていつも具合が悪くなるよね」

自分もそう思っていても、人から言われるとムッとした。

「わざとじゃないよ！」

強く言いすぎたのか、寺沢は驚いた顔で「ゴメン、ゴメン」と謝ってきた。岡崎の近くにいけばいいのに、離れていかない。周りの草もむしり終わったし、自分の方から動いていこうとしたら「あのさ」と話しかけられた。

「言おうかどうしようか迷ったけど、知ってて黙ってるのも嫌だったから。亀井さんと一緒の富嶋第二からきてる楠田さんて子がいるじゃん。私はくーたんって呼んでるその子に、亀井さんには気をつけた方がいいって言われたんだ」

「……気をつけるって？」

草をむしる手が止まった。

「あの子、嘘つくからって」

俯き加減、寺沢の顔は赤黒かった。

「中学の時の話だし、私も亀井さんのことをよく知っている訳じゃないからアレなんだけど……くーたんの友達がすっごく嫌な目に遭ったって。猫を殺したって、やってもないこと言いふらされたりしたみたい」

若菜の喉が、ゴクリと大きな音をたてた。

「二年ぐらい前、富嶋第二の近くで野良猫が何匹か殺されて、問題になったんだって。くーたんの友達が殺してたって噂が広まって、その子は警察に話を聞かれたみたい。その子にはちゃんとアリバイがあって、調べていったら噂の出元は亀井さんだったの。よくよく聞いたら、見ていた状況っていうのがどう考えても辻褄《つじつま》が合わなくて、本人は最後まで認めなかったけど、嘘をついたんだろうって話になったって」

「……ミーナ本人は認めてなかったんでしょう」

「その後に、犯人もちゃんと捕まったらしいよ。で、亀井さんが最初に噂を流した相手っていうのもわかってて、それがくーたんの友達を好きだった男の子らしいのね。で、みんなが言うには、亀井さんはその男の子が好きで、くーたんの友達の評判を落とそうとして、そんな嘘をついたんだろうって」

「けど、けど、本人は認めてないんでしょ。認めてないことをあれこれ言うのって、卑怯《ひきよう》だよ」

寺沢はじっ……と若菜の顔を見た。

「加藤さんがいいなら、いいんだ。変なこといって本当にごめん」

じわっと寺沢は離れていった。どうして昔のことをわざわざ告げ口しにくるんだろう。寺沢はすごく嫌な子だ。嘘つきだし。けどミーナも多分、ちょっとだけ狡《ずる》いところがある。でも人懐っこくて、そんなに悪い子だって思えない。思いたくない。

一時間の清掃作業がようやく終わる。手を洗って教室に入ると、ミーナは先に戻ってきていて「保健室、涼しかったよ」と悪びれた風もなかった。

「もしかしてミーナ、サボった？」

「サボってないよ。気分悪くなったの。若菜も見てたのにぃ」

悲しそうな声色に、疑ってしまった自分が悪かったような気がして「ごめん」と謝っていた。

「あ、そうだ」

ミーナは鞄からクリアファイルを取り出して若菜に差し出した。

「これ、あげる。若菜、好きでしょ」

それはジョージ・マスコットが日本車のＣＭに出ていた時のクリアファイルだった。同じ写真のポスターが店舗に貼ってあるのを見ていて、すごくすごく欲しかった。嬉しすぎて、手が震える。

「えっ、本当にもらっていいの！　これどうしたの！」

「ママの知り合いに、車会社の偉い人がいるの。ジョージを好きな友達がいるって言ったら、くれたんだ」

「嬉しい、ありがとう！」

若菜はファイルを折り曲げないよう、そっと胸に抱き締めた。

「いいよ、お礼なんて」

ほら、ミーナは優しい。中学の時の話なんて、絶対に嘘だ。寺沢はミーナと同じ中学の子に聞いたって言ってるけど、それだって嘘かもしれない。平気で犬を殺せる、怖くて意地の悪いあの子は、自分とミーナの仲を悪くさせようとしてるのかもしれない。

外から動物の激しい鳴き声が聞こえてきた。窓際の席の子が「校庭に変な犬がいる」と身を乗り出す。気になって若菜も窓際に近づいた。黒い大きな犬が、ギャンギャンと喚《わめ》きながら、校庭でウサギみたいに飛び跳ねている。

「あの犬、足のとこに何か刺さってない？」

誰かが指さす。よくよく見たら、犬の右の太腿《ふともも》を黒い棒のようなものが貫いている。痛々しくて、若菜は思わず自分まで太腿を押さえていた。

「ハハッ」

振り返ると、ミーナは右手を口許にあて笑っていた。

「あの犬、面白い。鉄板の上で踊ってるみたい」

「足を怪我してるんだよ」

ミーナには、犬の足に刺さっている棒が見えてないんだと思った。

「そうみたいだね」

ミーナの顔はまだ笑っている。

「ねえ、あれって何とかできないの。痛そうだよ」

呟いたのは、秋本華だ。教室の後ろの窓際で、外を食い入るように見ている。

「動物病院とか連れて行かないと無理でしょ」

「野良犬じゃないの？　首輪とかしてないみたいだし」

「放っておいたら死んじゃうんじゃない。かわいそうだよ」

女子生徒の口から次々と同情する言葉が出てくる。教室の中には犬に対する哀れみが広がっていく。

「あの犬、かわいそう」

ミーナがそう口にする。顔は、笑ってた時とあまり変わらない。犬が暴れ回る校庭に、人が出てきた。先生かと思ったら、違う。寺沢だ。

「あの子、ヤバいよ。あんなに近くにいたら、嚙《か》まれちゃうんじゃないの」

暴れ回る犬には、寺沢も近づけない。けれどそこを動くことなく、まるで呼び寄せるように右手を差し出していた。


ホームルームの終わり、担任の柴田先生は「あっそうだ！」と手をパンと叩いた。

「来月十四日のスポーツ大会、応援したい会場を第二候補まで決めないといけないんだったわ。委員長！」

「おい、委員長」

教室はシーンとしている。返事はない。

「先生、今日は委員長も副委員長も部活の遠征っす」

委員長と仲のいい男子生徒が、面倒くさそうに説明する。柴田先生は「あぁ、そうだったな」と後頭部を搔《か》いた。柴田先生は忘れっぽくて、記憶がぽろぽろ抜けてることが多い。すごく迷惑だ。

「仕方ないな。じゃあ今日の日直……」

嫌な予感がする。黒板を見た担任は「加藤」と若菜を名指しした。

「今日中に決めて、俺に報告してくれ。職員室にいるから」

言い残し、柴田先生は教室を出て行った。急に話し合いの纏《まと》め役《やく》に指名され、若菜は泣きそうになった。

地域をあげての親善スポーツ大会が来月ある。野球、テニス、陸上、サッカー、ハンドボールの試合が、五会場に分かれて行われ、一年生はクラス単位で、必ずどこかの会場に応援にいかなくてはいけなかった。

「親善大会かぁ。応援面倒くさ」

「あんまり興味ないし」

担任がいなくなったので、教室の中は雑談が多くなる。

「早く決めて、サッサと帰ろうよ。加藤さん、もう多数決取って決めていいんじゃない。その方が早いし」

寺沢が助け船を出してくれたので、若菜は多数決を取った。野球、サッカーの順に決まり、他に意見も出なかった。先生に報告してから帰ろうとミーナを探すと、同じクラスの近藤《こんどう》太一《たいち》という男子生徒と教室の後ろで話をしていた。最近、ミーナは彼の傍にいることが多くなった。多分、好きなんだと思う。そのせいで、若菜はよく放っておかれる。もうちょっと気を遣ってもらいたいけど、男子よりこっちの方を優先してよとはなかなか言いづらい。

近藤は部活をしているので、二人が一緒に帰ることはない。放課後が話のできるチャンスだとしても、ちょっと長すぎる。ミーナと近藤の話が終わる気配はなく、先に先生に報告しようと教室を出たところで、化学担当の菱沼《ひしぬま》先生と鉢合《はちあ》わせた。痩《や》せた五十過ぎのオバサンだ。

「あ、あなた。日直だったわよね」

「はい」

「模型が足りないんだけど、知らない？」

今日の授業で、分子の構造模型を使った。数が多かったので、日直だった若菜が化学室から持ってくるのと返すのを手伝った。

「明日の授業で使う分が足りないのよ」

「全部、化学室に持っていきました」

「けどないのよ。ちょっと一緒に来て探してくれない。私も五時までしか時間がないの。あれがないと困るのよ」

ない、ないと言われると、自分がなくしてしまったのかと不安になる。若菜は菱沼先生に断って、近藤と話をしているミーナに近づいた。

「ミーナ、私ちょっと用ができちゃったの。だから柴田先生に大会の応援、希望は野球、サッカーの順だって伝えてくれない。職員室にいるはずだから」

ミーナは「オッケー」と右手の親指を立てた。若菜は菱沼先生について化学室に行き、なくなったという模型を探した。一時間近く探したのに、出てこない。途方に暮れていると、菱沼先生が慌てて化学室を出ていった。そして五分も経たないうちになくなっていた模型を手に戻ってきた。

「授業のあと、職員室に寄ったのよ。その時に落としてたみたい」

このクソババアと心の中で思ったけど、言わなかった。「ごめんなさいね」とお詫《わ》びにあめ玉を十個もらい、それで怒りは半分ぐらいになった。若菜が教室に戻ると、もう誰も……ミーナもいなかった。鞄もなかったから、戻るまで待っていてはくれなかったようだ。そういう部分で、ミーナはドライだ。

「一時間だもんね」

仕方がないよ、と自分に言い聞かせて家に帰った。翌日、登校してきた若菜は廊下で担任の柴田先生と顔を合わせた。

「おい加藤。俺は昨日のうちにって言っただろ」

ベース型の顔が怒っている。意味がわからなくて、若菜は首を傾げた。

「スポーツ大会の応援会場だよ。お前、俺に報告するのを忘れてただろ」

若菜は「えっ」と声をあげ「ミーナ……いえ、亀井さんに、先生に報告するようお願いしてたんですけど……」と説明する。

「亀井？　亀井は俺の所に来てないぞ。俺はお前に頼んだんだから、人任せにしないでお前が責任を持って俺に報告するべきだったんじゃないか。社会に出ると、そういうことが大切になってくるんだぞ」

朝からガミガミ叱られて、若菜は半泣きだった。菱沼先生に、なくしものを探すように頼まれて時間がなかったんだと言い訳しても「探し終わった後でも時間はあっただろうが」と言い返される。担任が怒っていること、言い訳を聞くつもりがないのがわかり、若菜は「すみません」と繰り返し謝るしかない。どうして私が……と悔しくて胃がキリキリした。教室に入るとミーナは先に来ていて、若菜に気づくと「おっはよ」と歯並びの良さが自慢の歯を大きく見せて微笑んだ。

「どうして先生に伝えてくれなかったの！」

ミーナは「えっ、何？」と首を傾げる。

「昨日、頼んだじゃない。大会の応援希望、柴田先生に伝えてって」

声が大きくなる。ミーナは驚いたように大きく目を見開くと、若菜の右手を摑んで教室の隅に連れて行った。

「若菜、ごめんね」

やっぱり伝えてくれてなかった。忘れていたのだ。

「酷い。私が先生に怒られたよ」

「ごめん、本当にごめん。けど聞いて。ミーナ、数学準備室の前まではちゃんと行ったんだよ。けど中に入れなかったんだ」

ミーナは声をひそめた。

「数学準備室の中から、変な声が聞こえてきてたの。すごく気持ち悪い感じで、何だろうと思って中をのぞいたら、柴田先生が生徒とセックスしてたの」

若菜は両手を口にあてた。

「ミーナ、心臓が止まりそうなぐらいびっくりした。ショックで、とても中に入っていけなくて、そのまま家に帰ったの」

変な動悸《どうき》がしてきた。声も出ない。若菜が胸に手をあてると、ミーナは「びっくりでしょ。ミーナが先生に伝えられなかった理由もわかってくれる?」と同意を求めてきた。

「相手の生徒の顔も見たよ。……うちのクラスの秋本さんだった」

若菜は勢いよく振り返っていた。自分の席の隣に、秋本は座っている。頬杖をついて、スマホを弄《いじ》っている。

「柴田先生って奥さんいるから、不倫だよね。よくあんなキモい男とできるなって思った。しかも学校だよ。恥知らずな子だよね」

柴田先生に注意されて怒っていたのに、ミーナの話が強烈すぎて怒りがどこかに飛んでいってしまった。授業がはじまってからも、秋本が気になって仕方ない。放課後、先生とセックスするなんて信じられない。しかも不倫。汚らしい。気持ち悪い。吐きそう。綺麗なのは顔だけ。こんな子、軽蔑する。

不倫のことばかり考えて、現代国語の授業がちっとも頭に入ってこない。数学準備室は数学教師の別室みたいなもので、十畳ほどの部屋に教材とデスクがいくつか置かれてある。職員室よりも、数学準備室に長くいる先生も多い。特別教室のあるC棟の一階にあって、数学準備室はグラウンドと反対側の右端の部屋になる。C棟なんて移動教室じゃないとまず通らないし、普段はひとけがない。

シャープペンシルの芯《しん》が折れて、ピッと飛ぶ。……ちょっと待って。ミーナは数学準備室って話してたけど、先生は私に「職員室にいる」って言った。私も「職員室」

ってミーナに伝えた。それなのにどうして「数学準備室」に行ったんだろう。伝え間違えたんだろうか。けどあの時、数学準備室だったらミーナに頼まなかった。化学室は数学準備室と同じ、C棟の二階にあるからだ。

若菜はノートの上に、シャープペンシルで「嘘」と書いて消した。そしてもう一度、嘘と小さく書いた。

休み時間、ミーナは近藤の傍に行ってしまった。秋本が教室を出ていくのが見えて、若菜は後を追いかけた。トイレに入っていったので、出てくるのを待って「あの」と声をかけた。

「ちょっといい？」

秋本はぶっきらぼうな調子で「なに？」と眉をひそめた。

「こっちにきてもらっていい？」

廊下の隅に誘うと、ついてきてくれた。若菜は秋本の顔を見た。もし嘘をついていたら見抜けるよう、少しの変化も見逃さないように、じっと見つめた。

「昨日の放課後、数学準備室に行かなかった？」

秋本は「行ってない」と答える。大きな瞳は震えも、揺らぎもしない。

「柴田先生と……その、セックスしたことある？」

短い沈黙。そして秋本は「はあっ？」と鼻から抜ける声をあげた。

「あんた、頭おかしいんじゃないの？」

行きかけた秋本の腕を、若菜は摑んだ。

「ご、ごめん。や……やっぱりそうだよね。そんなことないよね。ごめん。ごめん。ごめんなさい。私の言ったこと全部忘れて」

秋本は半泣きの若菜の顔と、摑まれた腕を交互に見た。

「……私が柴田とセックスしてたって、亀井が言ったんじゃない？」

若菜はガタガタ震えるだけで、首を縦にも横にも振れなかった。

「加藤さんさぁ、亀井の言うことなんてまともに取り合わない方がいいよ。あいつ、息を吐くように嘘をつくから」

心臓がぎゅっぎゅっと絞られるみたいに痛む。

「どっ、どうして嘘をつくの」

秋本は「私が知るわけないじゃん」と顎をしゃくった。

「ま、嘘をつくことを悪いと思ってないんじゃない」

チャイムが鳴り始める。秋本は若菜の手を振り払って廊下を歩いていく。慌てて追いかけ、英語の教師とほぼ同時に若菜は教室に入った。

「どこ行ってたの？　トイレ？」

席に着くと、ミーナが後ろから聞いてくる。振り返れないまま、若菜は「そう」と低い声で返事をした。


昼休み、ミーナと二人きりになるのが凄く怖かった。それでも一人でお弁当を食べる勇気がなく、いつものように二人で屋上に上がった。

ミーナは機嫌が悪かった。二時間目、三時間目の休み時間、近藤と話せなかったからだ。秋本と喋るのに夢中で、近藤はミーナを全く相手にしなかった。それを見て、若菜はミーナが柴田先生の不倫相手になぜ秋本をセッティングしたのか、わかってしまった。

「秋本、ホント気持ち悪い」

ミーナは眉間《みけん》に皺《しわ》を寄せた醜い顔で、コンクリートを睨み付けた。

「不倫ビッチの癖に、クラスの男子にも色目使って最低」

絵の書かれていない紙芝居を披露《ひろう》されているような虚《むな》しい気持ちで、若菜はミーナの横顔を見ていた。

「奥さんのいる男性教師と不倫って、犯罪だよね。やっぱり学校に報告した方がいいんじゃないかなあ。若菜はどう思う？」

それって本当に見たの？　頭の中で想像してるだけじゃないの？　嘘なのに、学校に報告するとか言うの？　その判断をこっちに聞いてくるの？

「……私は、見てないから……」

逃げを打つ若菜を、ミーナは逃さなかった。

「もとはといえば、若菜が私に数学準備室に行けって言ったのが原因なんだよ。若菜が私に頼まなきゃ、あんな気持ち悪いもの見なくてもよかったんだよ」

責められて「ごめん」と謝った。それ以外の言葉を許さない目だった。

「校長先生に手紙を送ろうかな。教師と生徒が不倫してますって。それとも口コミの方がいいのかな。誰に言えばいいだろ」

背筋がゾゾッとした。不倫は嘘なのに、ミーナは妄想の作り話を広めようとしている。寺沢の話を思い出す。自分の嫌いな子に、猫を殺したと濡《ぬ》れ衣《ぎぬ》を着せたという噂。信じられなかった。そして今、ミーナはその時と同じことを繰りかえそうとしてるんじゃないだろうか。

「……ねえ、ごはん食べようよ」

聞いているのが辛くなってきて、話を逸らす。若菜がお弁当をひろげると「今日は普段と違う」とミーナに気づかれた。

「会社が休みだったからお父さんが作ってくれたの。お父さん、料理得意だから」

若菜のお弁当は、いつもの冷凍食品じゃなくて、焼き飯、生春巻き、鶏のカシューナッツ炒めとアジア系でまとまっている。

「その生春巻き、美味しそう。いいな」

欲しそうだったので、あげた。するとかわりに、ミーナお得意の食パンを巻いた渦巻き型のサンドイッチをくれた。挟《はさ》まれている具は黄色い。

「これ、中身は何？」

「卵だよ」

若菜はぱくりとかぶりついた。……卵の味はしない。何だろうと思って嚙みしめているうちに気づいた。これ、パンプキンサラダだ。ミーナのお弁当には、他に黄色の渦巻き型のサンドイッチはない。

「……この卵サンド、美味しいね」

嘘をついた。

「でしょ？　ちょっと半熟なのがポイントなの」

自分が口の中で食べているものが何なのか、若菜はわからなくなってきた。自分で作ってるのに、サンドイッチの具を間違えるの？　もしかしてミーナは自分で作ってないの？　じゃあ誰が作ってるの？　ヴァイオリニストのママ？　それなら「ママが作ってる」って言えばいいじゃない。どうして自分が作ってるなんて嘘をつくの。そんなどうでもいい嘘……。

そういえば調理実習の時、ミーナは倒れた。もしかして実習が嫌だった？　本当は料理をしないから、下手なのがばれるから……わざと……。

「ねえ若菜、近藤君ってどう思う？」

ミーナはプチトマトのへたをお弁当箱の隅に置いた。

「どうって……普通かな。ミーナはよく話してるよね」

「近藤君、ミーナのこと好きみたい。先週、ラブレターをもらったの」

ラブレター？　今日の雰囲気だと、どう見ても近藤が好きなのは秋本だ。

「そう……なんだ」

本当にラブレターなんてもらったんだろうか。

「どんなこと書いてたの？　今度見せて」

「嫌だ、恥ずかしい。あの手紙は近藤君から私へのメッセージなんだから、いくら若菜でも見せられないよ」

ミーナは指先を髪に絡め、はにかむように笑う。……ラブレターなんてないから、見せられないんじゃないの。けど凄く嬉しそうだし、本当にもらったのかもしれない。でも近藤は秋本と話す方が、ミーナと話しているよりもずっと楽しそうだった。わからない。何が嘘なんだろう。何が本当のこと？　どうしてそんなことを考えながら話をしないといけないんだろう。

全身がゾワゾワしてきた。ねえミーナ……私のことはどう思ってるの？　大好きってよく言ってくれるけど、それって本当なの？　大好きなジョージ・マスコットのクリアファイルをくれたけど……本当は……。

お父さんの作るアジア料理は大好きなのに、胃がムカムカしてきた。気持ち悪い。堪《こら》えきれずに若菜はお弁当箱の上に吐いた。

「嫌だ、何してんのよ若菜！　汚いじゃない」

ミーナは飛び上がって後ずさり、傍から離れていく。吐き気が止まらない。繰り返しえずく若菜を見かねて、三年生の上履きの女の人がビニール袋をくれた。タオルを貸してくれた人もいた。「あなた、大丈夫？」と背中をさすってくれるのは、二年生の上履きを履いた人でミーナじゃなかった。ミーナは檻《おり》の中の獣でも見るように、遠くから「若菜、大丈夫？」と声をかけてくるだけだった。

昼休みが終わりそうになっても気分が悪く、保健室に行った。制服についた嘔吐物《おうと》の臭いで吐きそうになるので、保健の先生に借りたジャージに着替えた。微熱も少しあり、保健の先生は「気分が悪かったら帰っていいのよ」と言ってくれたけど、歩くのもしんどくて吐き気止めをもらってしばらく横になった。

五時間目の休み時間、ミーナが保健室にやってきた。顔を見ると、体が震えた。

「若菜、大丈夫？」

ミーナの声は優しい。

「……だいぶましになった」

「若菜のお弁当、すごく美味しそうだったのに、どこか傷《いた》んでたのかな？　ミーナの食べた生春巻きは大丈夫だったんだけど」

多分、お弁当の問題じゃない。

「それともミーナが秋本の気持ち悪い話ばかりしたのがいけなかったのかな。ごめんね」

その表情は、心から自分を心配しているように見えて涙が出た。

「そんな、泣かなくてもいいのに」

ミーナはベッドサイドに腰掛けて、若菜の目尻をそっと拭った。

「けどお昼の時はびっくりしたよ。若菜、マーライオンみたいに噴き出すんだもん」

ハハッと笑うミーナに、浮上し掛けた気持ちが突き落とされていく。

「……ねえ、どうして笑うの？」

「だってあの時の若菜、面白かったから。コントみたいだった」

これは本当だ。ミーナは本当にそう思ってたんだ。心臓がすうっと冷たくなっていく。壁の時計を見る。……早く時間が過ぎて、ミーナが保健室から、自分の傍からいなくなればいい。

「やっぱ保健室って涼しい。若菜いーなぁ」

様子を見にきたんじゃなくて、涼しいから保健室にきただけなの？　これまでの、当たり前の善意も信じられない、そんな自分がとてつもなく虚しかった。


三日、高校を休んだ。一日目は何も言われなかった。二日目は「今日もなの？」とチクリときて、三日目は「ずる休みもいい加減にしなさい」と母親に怒られた。

最初の二日、ミーナが訪ねてくるんじゃないかと思って怖かったけど、来なかった。そういえばミーナは一度も家に来たことはなかったし、若菜もミーナの家に行ったことはない。一緒に帰るのも、伊佐田《いさだ》の郵便局前の交差点まで。家は江東《こうとう》の辺《あた》りなのと聞いても、地理を知らない若菜には見当もつかなかった。

三日目は家で母親と顔を合わせているのも気まずかった。夕方に「明日はちゃんと学校に行きなさいよ」と脅されて「放っておいてよ」と怒鳴り返したら、母親がすごく怒って大喧嘩《おおげんか》になった。短パンにパーカーのまま家を飛び出す。お金を持ってこなかったから、コンビニにも行けない。それでも帰る気になれなくて、とぼとぼとあてもなくブラついた。そのうち下校している高校の制服を街中でチラチラ見かけるようになって、若菜はフードを頭からかぶって顔を隠した。

人のいないところを探して川岸を歩いているうちに、ごみごみした住宅街に入った。電柱に江東三‐六と番地のプレートがついてる。じゃあこの近くにミーナは住んでるんだろうか。古い一軒家が多くて、何かちょっと臭い。高級住宅地って感じじゃない。駄菓子屋の看板を出しているのに、店内に五種類ぐらいしかお菓子のない、潰《つぶ》れそうな……潰れているかもしれない駄菓子屋をガラス越しに見ていると、背後を誰か通り過ぎた。振り返った若菜は息を呑んだ。ミーナだ。

ミーナは親友に気づかなかったようで、どんどん歩いていく。若菜はお店の陰に身をひそめて、ミーナの後ろ姿を見た。三十メートルぐらい先にある家にミーナが入っていく。

心臓がドクドク騒ぐのが落ち着いてから、ゆっくりとミーナが吸い込まれた家に近づいた。コンクリートの門の前には「亀井」の表札がかかっていた。庭には「木ノ下運送業」と車体にプリントされた白いトラックが停《と》まっている。家は小さな平屋で、屋根は青い。壁は薄いピンク色で、トタンなのか下半分が赤茶色に錆《さ》びていた。……昔も今も、お手伝いさんがいそうな家じゃない。庭には雑草がいっぱい生えていて、車の轍《わだち》の部分だけに茶色の土が見えている。

「うちに何か用？」

振り返ると、背の高いオバサンが立っていた。五十ぐらいだろうか、工事現場でよく見る薄い水色のつなぎを着て、顔は日焼けしたのか真っ黒。……ミーナに似てる。小さい目が若菜を見て、ミーナのように歯を見せて笑った。

「あんた、道代の友達？」

若菜はダッと駆け出した。よく道を知らないのに走って、走った。途中で川沿いに出て、河川敷《かせんじき》をいったら知ってる道に戻れそうな気がして、歩いているうちに見覚えのある風景になった。

あのおばさん、黒いおばさんはミーナのママだろうか。よく似てた。水色のつなぎは、ヴァイオリニストって雰囲気じゃなかった。歩きながら、涙が出た。ヴァイオリニストは凄いなって思うけど、別にそうじゃなくたってよかったのに。

嘘って絶対にばれる。嘘をついたのがみんなにばれたら気まずい。恥ずかしい。顔を合わせられなくなる。ミーナは中学の時にも、嘘がばれてる。それって恥ずかしくなかったんだろうか。絶対に恥ずかしかったと思うのに、どうしてまた嘘をつくんだろう。

自分と他人は違う。わかっていても、若菜にはミーナが何を考えているのかちっともわからなかった。

三日休んで四日目、覚悟して制服を着た。当たり前だけど、三日休んだぐらいじゃ学校は何も変わってなかった。登校した時に、寺沢が「三日も休んで心配したよ」と声をかけてくれた。

ミーナは若菜を見つけると「寂しかったよ～」と駆け寄ってきた。

「若菜がいないと、お弁当が一人なんだもん。つまんなかったよ」

心臓をバクバクさせながら「ごめんね」とだけ謝った。一時間目の授業がはじまる。先生の話は頭に入ってこなくて、どうしよう……そのことばかり考えていた。休んでいる間も、ミーナの家を見つけてしまった後も、ずっとミーナのことを考えていた。これからどうしよう、と。ミーナに話をして、もう嘘をつかないでってお願いするのが正しいんだろうけど、そうした方がいいと思うたびに気分が悪くなった。ミーナは優しくて、冷たい。昨日の夜は夢を見た。若菜は川で溺れて、それなのにミーナは助けてくれなかった。若菜が何とか自力で川からはい上がると、ミーナはクラスのみんなに「若菜が死んじゃった。助けようとしたけど、助けられなかった」と嘘をついていて、夢の中の自分はさめざめと泣いてた。夢の中でも現実でもミーナの為にもう傷つきたくなかった。

休み時間「ねえねえ若菜」と呼ぶ声を勇気を持って無視して、隣の席の秋本に近づいた。

「ずっと休んでたね。具合が悪かったの？　大丈夫？」

その目はまっすぐ若菜を見ている。

「あ……りがと。あのね……」

声が震えた。

「わ……たしと、友達になって」

秋本が目を大きく見開いた。

「た……すけて」

声になるかならないかの小さな響き。秋本は「いいよ」と力強く答えた。席に戻ると「ねえ、若菜」と後ろから腕を引かれ、振り返らされた。ミーナの顔が近い。

「……どうしてあんな奴に友達になろうなんて言うのよ。ミーナがあいつのこと嫌ってるって知ってるよね」

顔を背けて、若菜は前を向いた。

「ねえ、若菜！」

何度呼ばれても、無視した。そしたら背中がチクリと痛んだ。驚いて振り返ると、ミーナが怒った顔で目を細め、こちらを睨んでいる。怖くなって前を向く。そしたらまた背中がチクリと痛んだ。何かで刺してくる。

「……お願い、やめて」

ミーナは「何のこと？」と首を傾げた。

「背中を刺さないで」

「何言ってるの？　ミーナは何もしてないよ」

両手を広げて肩を竦《すく》めたあと、ミーナは笑った。

「気のせいなんじゃない？」

「だって……」

チャイムが鳴り、二時間目がはじまる。授業の最中も、チクッ、チクッと背中を刺してくる。椅子を前に引いて逃げても、ミーナは机の間を狭《せば》めてくる。授業にも集中できない。じっと我慢してたけど、それまでと違う鋭く強い痛みに思わず「ギャッ」と声が出た。みんなが驚いたようにこちらを見る。教壇に立っていた柴田先生が「どうした、加藤？」と名指しで聞いてくる。

「亀井さんが、私の背中を刺すんです」

震える声で訴える。ミーナはガタンと音をたてて椅子から立ちあがった。

「先生、私は何もしてません。若菜、いい加減なこと言わないで！」

強い口調で責められる。その迫力に、若菜は身震いした。

「どうしてそんな嘘をつくの。友達なのに、酷いじゃない」

嘘なのに、嘘をついているのはミーナなのに、背中を刺したのは本当なのに、よく通る声は説得力を持って教室に響いていく。

「若菜、いつも嘘ばかりついてるわよね。どうして人を陥れるような酷い嘘を平気でつくの。あなたの嘘のせいで、みんなが迷惑してるのよ」

ミーナが堂々と若菜を責める。何を言っているのかわからない。意味がわからない。このまま言い返せなかったら、本当に嘘つきにされる。怖い。怖い。

パンパンと手を叩く音が聞こえ「お芝居終了」と秋本が気だるげなため息をついた。

「先生、亀井さんが加藤さんの背中を後ろから安全ピンで突いてました。動画もありまーす」

秋本がスマートフォンを持った右手を高く掲げた。

「先生、これって立派な傷害事件ですよね」

「嘘言わないでよっ」

ミーナが甲高い声で叫ぶ。

「嘘ついてるのは亀井、あんたじゃん」

「だって私、安全ピンなんて使ってないもの」

教室はざわめいている。秋本はスマートフォンの動画を柴田先生に見せる。その目が確信を持って張本人に向けられると「ちょっと手が滑っただけじゃない」とミーナは逆ギレしながら認めた。

「手が滑っただけなのに、若菜が大げさなのよ！」

誰が見てもおかしいのはミーナだ。けどミーナだけが……気づいてない。

「先生、加藤さんか亀井さん、二人のうちどちらかの席を替えてはどうでしょうか。私、近視があるので前の席になりたいです」

右から四列目、一番後ろの席だった寺沢が提案する。柴田先生はミーナがおかしいのは理解してくれたけど、まだよく状況がわかっていないようで困惑顔のまま「とりあえず亀井、後ろの席にいけ」と背の高いミーナに命じた。

「どうしてミーナが移動しないといけないんですか！」

「お前、うっせーんだよ。さっさと後ろいけ」

男子生徒に怒鳴られて、ミーナは渋々後ろの席に移動した。

若菜の後ろの席に来た寺沢が「もう大丈夫だからね」とこそっと囁いて、それを聞いた瞬間に若菜は泣き出してしまった。

若菜を安全ピンで突いて、その上嘘つき呼ばわりした癖に、一週間ほどするとミーナは何ごともなかったかのように「また一緒にご飯、たべようよ」と若菜に話しかけてきた。あんなことをしたのに誘ってくる神経がわからなくて、何か企んでいそうで怖くて、若菜は一言も口を利かなかった。

ミーナはクラスの中で孤立した。たまに他のグループに紛れていることもあったけど、すぐに弾《はじ》かれて一人になった。そのうちクラスの中でミーナと話をする女子はいなくなった。

ミーナは休み時間も昼休みも、教室の外へ出るようになった。他のクラスに彼氏ができると、いつもその人と一緒にいた。二年になってミーナとはクラスが分かれ、ホッとした。離れても、何か面倒くさいイベントのたびに倒れているとか、修学旅行の時に彼氏とラブホに入ってたのが見つかったとか、そんな話ばかりが流れてきた。高校を卒業して、ミーナは短大に進学した。卒業後にデパートの婦人服売り場に就職したみたいだと、それがミーナの消息を聞いた最後だった。

旦那が出張だったので、若菜は子供を連れて秋本の家に遊びにきていた。若菜と秋本の子は二歳と同い年で誕生日も近く、互いの家に泊まり合っては情報交換している。

高校を卒業し、みんなそれぞれ別々の大学に進学をしたけれど、高一の時に仲良くなった岡崎、寺沢、秋本とはずっと連絡を取り合っていた。岡崎は結婚してニューヨークに行ってしまったが、寺沢は地元の動物病院に就職して獣医師として働いている。

二人の子供を遊ばせながらテレビを見ていると、有名なサッカー選手、井筒武《いづつたけし》が婚約したとニュースで流れた。相手は二十七歳の一般女性だとインタビュアーが説明している。

「ねえねえ、井筒が婚約したみたい。奥さん、私たちと同い年だよ」

秋本は「ふーん」と相槌を打つだけで、興味がないのかテレビの方に顔を向けもしない。若菜は旦那が無類のサッカー好きで、つきあいで見ているうちに好きになった。

『井筒選手と婚約した白鳥美衣菜《しらとりみいな》さんは帰国子女で、昨年までアメリカでセレブ御用達のエステティシャンとして活躍され、顧客にはジョージ・マスコットや、レティ・ベールといった有名人も名を連ねていたそうです。井筒さんと婚約されて日本に戻り……』

同い年の一般女性が、サッカー選手の隣に立つ。

「綺麗な人だよ。やっぱり美人は得だよね」

一般女性が、指先を髪に絡めた。その仕草をみた瞬間、若菜の体に震えが走った。

永遠に葬《ほうむ》り去りたい記憶。もしかして……けど顔が違う。輪郭も、目も、鼻の形も違う。そういえば名前……名前が……。

「婚約者の白鳥美衣菜って、亀井道代じゃないかな」

ようやく秋本が振り返り「顔ちがう。亀井って丸顔で目が糸みたいに細かったじゃん」と完全否定した。

「けど癖が似てるよ。髪を弄る癖。それに名前がミーナだし」

「本人だったら、整形して名前も変えたことになるじゃん。それっていったいどこの犯罪者よ」

インタビュアーにマイクを向けられて、白鳥美衣菜が口を開いた。

『ミーナと武が出会ったのは、ツイッターなんです』

ミーナの声だ！　間違いない。それまで否定していた秋本も、引き寄せられるようにテレビに近づいた。

『ミーナ、カリフォルニアの大学を卒業してからずっとニューヨークで暮らしてて、武が日本の有名なサッカー選手だって知らなかったんです』

画面の中、白鳥美衣菜は微笑みながら喋る。まるで女優のようだ。若菜は背筋がゾワッとした。ミーナは嘘をついている。テレビの前の何百、何千万人の人が騙されている。

「昔から嘘ばっかりの女だったけど、顔も名前も変えたんだ」

ぽつんと秋本が呟く。

『婚約指輪は、カルティエなんです。私は何でもいいよって言うけど、武は記念日ごとに私にカルティエをプレゼントしてくれるんです』

秋本は「この男、女を見る目がないわ」と息をついた。

「けどミーナ、結婚して幸せになったら、もう嘘つかないかも……」

それは願望だったかもしれない。秋本は「甘いよ、若菜」とテレビの傍に寄ってきた自分の子供を抱き上げた。

「帰国子女とかカリフォルニアの大学を卒業って、もうベースからして嘘てんこ盛りじゃん。嘘をついても見栄をはりたいって思っている時点で、あの子の幸せなんて先が見えてるわ。カルティエ、カルティエって、貴金属の値段でしか愛を語れないなんて馬鹿な女」

若菜の子がぐずりはじめる。抱いてあやしているうちに、画面からミーナの姿が消えた。話題が変わったのだ。

「結婚したら、きっと子供もできるよね。ミーナ似だったら、お父さん、お母さんどっちの顔にも似てない子になっちゃうね」

そのことをミーナは悩むんだろうか。

「お得意の嘘で誤魔化すんじゃないの。……っていうか、自分似だったらあっさり殺しそうよね、あの女。で、事故か何かを装って、可哀想な母親って悲劇のヒロインになって世間の同情を買うの」

吐き捨てたあと、秋本は「言い過ぎた。ごめん」と若菜に謝った。

「あいつ、子供は産まないと思うわ。汚いこと、面倒なことが大嫌いだったじゃない。人の面倒をみれる女じゃないし、ああいう女が母親になる子の方が可哀想だわ」

スマートフォンにメールが入る。開いてみると寺沢だった。

『今のニュース見た!? 井筒と婚約した白鳥って、亀井じゃない? 顔違うけど、声そっくり。若菜、仲良かったよね。ツイッターでも亀井じゃないかって騒ぎになってるよ』

返事をする前に、ツイッターに飛んだ。白鳥美衣菜で検索すると、亀井道代、整形……情報が生き物のように拡散されていく。いくらミーナが嘘をついても、生きてきた二十七年間にかかわった人はいる。世界はミーナの理想の嘘を拒否している。

ミーナ、どうするんだろうなと思う。けどそれは若菜が考えてあげることでもなかった。

虫食い

カースト制度だと、上に行くほど権力のある裕福層ということになるが、ここでは三階の最上階が最下層、一年生の教室になる。学年があがるたび、やたらと階段を上り下りすることのない二階、一階と下っていく。

三階の利点といえば、風がよく通ることと、見晴らしのよさだろうか。まぁ、見えたとしても何の変哲もない河川敷《かせんじき》になるが。都内でもそこそこのレベルの進学校、私立滝沢《たきざわ》高校は川沿いの埋め立て地にある。松田日向《まつだひなた》がこの高校を選んだのは、家から近くて私立高校だったからだ。近所の公立高校は、荒れていることで有名だった。

外は天気がよく、日射《ひざ》しがきつい。ブレザーを脱ぎ、更に長袖《ながそで》を腕まくりしている奴もいる。六月に入ればすぐ衣替えになるようだが、まだあと二週間もある。

暑いし、現代社会の授業は退屈だ。カーストって言葉を二回は聞いた。日向は三時間目にもかかわらず教科書で顔を隠して、欠伸《あくび》をかみ殺した。チャイムの音が響き渡り、生徒を眠りに導く魔術師が教室を出ると同時に「ちょっと嫌《いや》だっ」と右隣の吉田《よしだ》美由《みゆ》が奇声をあげた。席から立ちあがり、ガタガタと机にぶつかりながら、前屈《まえかが》みになって教室の後ろまで走る。

「どしたん、美由」

いつも一緒につるんでいるショートカットの国松愛梨《くにまつあいり》が、吉田に駆け寄った。

「てっ、手に……カエル……ぺっ、ぺたって……キモ……」

吉田は目が赤く、半泣きになっている。

「カエルって、あんた大げさすぎ」

国松が呆《あき》れたように呟《つぶや》き「で、どこ」と聞く。吉田は「見たくないっ」と目を閉じた。日向が隣の席の周囲を見渡すと、机の足の下に四センチぐらいのカエルがいた。緑色で黒い目がくりっとしている。そっと近づき、手のひらでゆるく握り込んだ。手の中の小さな空洞を、ひんやりとした個体が動き回る。

「多分、こいつだよね。外へ逃がしてくる」

日向が握った手を軽く上げて左右に振ると、吉田は両手を胸にあて「あ、ありがと」と息をついた。

「あたし、カエルとかヘビとか、ぬるっとしててキモそうなの、ホント駄目」

「こういうの、苦手な人っているよね」

話を合わせて笑いながら、日向は1－Bの教室を出た。川辺が近いから、こういうカエルが教室まで入ってくるんだろう。手洗い場にゆき、指の間に少しだけ隙間《すきま》を作って、逃げ出さないよう注意しながらそれを洗う。ハンカチを忘れてきたので、何度か手を振って水気を切ってから、隣の1－Aの教室に入った。前から三列目、窓際の席に座って漫画を読んでいた池隼人《いけはやと》は、日向に気づくと「なに」と顔をあげた。

「教科書でも忘れた？」

前の席が空いていたので、隼人の向かいに腰掛ける。

「おい、何か水散ってんだけど」

隼人が机の上の水滴を鬱陶《うっとう》しそうに手のひらで拭《ぬぐ》う。

「これ、教室にいたんだ。三階まで登ってくるなんてすごいよね」

日向が閉じた親指を少しだけ開くと、隙間から緑色のカエルが顔を出した。その瞬間、隼人の頬《ほお》がヒクッと動いた。

「……おい、ガッコではやめとけよ」

小声で吐き出された友人の忠告を無視して、日向は左手で顔を隠しながら口を大きく開けた。右手を口の前でそっと開くと、案《あん》の定《じょう》、カエルは暗い空洞の中に飛び込んできた。その感触を確かめてから、ゆっくりと唇を閉じる。口の中で、カエルがはね回る。くすぐったい。ヒヤリとしたものが歯の裏を掠《かす》め、舌の上で這《は》う。背筋がゾワゾワする。喉《のど》の奥にいこうとするので、進路を舌で塞《ふさ》ぐ。カエルが、ぬるっと舌先に触れる。

隼人は汚物を前にしたような、軽蔑しきった眼差《まなざ》しで自分を見ている。そんな視線を浴びながら、日向は口の中にいる生き物の動き、感触をゆっくりと楽しんだ。

「お前、自分の教室に帰れよ」

日向は舌先でカエルを誘導し、そしてゆっくりと嚙《か》みしめた。ブチッと音がして、土の、そして生臭い泥臭さが口の中にじわっと広がる。鼻先に匂《にお》いが抜けて、知っていても胸にウッと込み上げてくるものがあった。頭と胴体のあたりを嚙み切ったと思うが、体の方は断末魔の叫びのように口の中でビチビチと跳《の》ねた。

それが動かなくなってから、舌先で探って手足だけ嚙み切り呑み込んだ。胴体と頭は窓から身を乗り出し、下に誰もいないのを確かめてから遠くへと吐き出す。本当は全部食べたいが、呑み込むのは手足だけにしている。

口の中に残る、生臭く苦い体液を舌先で味わう。苦いのは好きだ。サザエのワタのところの味に似てる気がする。

「変態」

隼人が低く唸《うな》った。

「猫みたいに見せつけんな。キモい」

四時間目がはじまりそうになり、日向は「じゃあまた昼休みにね」と1‐Aの教室を後にした。自分の席に座ると「さっきはカエル、ありがと〜」と吉田が小首を傾《かし》げながら礼を言ってきた。背中の中ほどまである、サラサラした長い髪がふわっと揺れる。

「気にしないで」

日向はニコッと笑った。

「お前らさぁ、なにいい雰囲気つくってんだよ」

後ろの席から、菊池《きくち》庄司《しようじ》が身を乗り出してきた。喋《しやべ》る声がでかくて、何にでも首を突っこんでくる仕切りたがり。本人の長すぎる前髪と同じで、鬱陶しい奴だ。

「キモいカエルがいたんだけど、委員長が捨ててきてくれたんだ」

吉田が嬉《うれ》しそうに答える。菊池は目を細め「へーえ」と相槌《あいづち》をうつと「カエルを捨てんのが委員長の仕事ならさ、俺のゴミも捨ててよ」と日向の手にりんごジュースの空きパックを押しつけてきた。

「ちょっと菊池！　調子に乗って、委員長に押しつけるのはやめてよ」

「捨てるんなら、カエルでもゴミでも一緒だろ〜。お願いしますよ、委員長サマ」

人を小馬鹿にした態度に、イラッとする。四月、委員長のなり手が誰もいなくて、入学試験が首席だったというだけで日向に押しつけられた。高校、それもレベルの高い私立の進学校となれば生徒も選別されて、目立った問題を起こしそうな奴もいないだろうと思っていたのに、まだこんな中学生脳のバカがいる。

「それは自分で捨てろよ」

ニコッと笑って断り、前を向く。するとガツッと背後から椅子《いす》の座面を蹴《け》られた。驚いたが、相手にしない。授業がはじまっても、菊池は繰り返しガツガツ蹴ってきた。

これまで……といっても、入学してまだ一ヵ月半だが……菊池に敵意を向けられたことはなかった。どうしてだろうなと考える。ゴミ捨てを断っただけにしてはしつこい。そういえば吉田と菊池は二人とも中等部からの持ち上がり組で、最初から顔見知りだった。吉田は小顔でやたらと目が大きく、そこそこ可愛《かわい》い顔をしている。もしかして菊池は吉田のことが好きで、仲良くなりそうな雄を牽制《けんせい》してるんだろうか。

古典の教師、かつ担任の今西《いまにし》先生が、教科書を読みながら通路を回ってくる。教壇から見ていたのか、菊池の横でぴたりと足を止める。それと同時に乱暴な蹴りを繰り出していた足がおとなしくなった。悪さの現場は押さえられたくないらしい。今西先生は教科書の半ページを菊池の横でゆっくりと読んでから、教壇に戻った。そして板書し、読み方と意味の説明をはじめた。

菊池みたいに面倒なタイプとは関わらない方がよさそうだなと思いつつ、日向は目を閉じた。さっきのカエルの味と、嫌がっていた隼人の顔を思い出す。

……最初、口の中に入れた生き物は、アリだった。小さな頃で、自分がどれぐらい小さかったのかも覚えてないが、夏だった。アイスクリームが落ちた床の上に、モゾモゾと動く茶色の小さな粒が無数に群がっていた。

触れると、アリは溶けたアイスクリームへの整然とした隊列を乱し、バラバラと不規則に動きはじめた。そのうちの一つを摘《つま》んで、口に入れる。アリは舌の上にざらっとした感触を残した。何度もアリを摘んで口に運ぶ。そのうち一匹ずつ摘むのが面倒になり、床に顔をつけてアリを舐《な》め取った。舌にすくい取られたアリは、日向の口の中でモゾモゾと動いた。

それまで口の中に入れて許されたのは、食べ物と歯ブラシだけだった。どっちも自発的に動いたりしない。自分の中で勝手に動き回る生き物は初めてで、すごくおもしろかった。

それから動いているものなら何でも口に入れてみた。かめむし、ダンゴ虫、ミミズ……公園にいくと、いつも地面の上ばかり見ていた。今日はどんな虫を口の中に入れようかとわくわくした。

捕まえた虫を口に放り込み、遊ばせた後はいつもペッと吐き出していたが、母親に見つかってしまい、大騒ぎになった。「そんな汚いもの、口に入れちゃいけません！」とこっぴどく叱られた。

それから、口に入れた虫は粉々に嚙んで呑み込むことにした。口の中に入れるのさえ見つからないようにすれば、ばれなかったからだ。後に証拠も残らない。

夏休みになると、父親にねだって山や川へよく連れて行ってもらった。モンシロチョウ、アゲハチョウ……名前を知らない青い蝶《ちょう》や茶色い蝶を沢山捕まえて大きな虫かごに入れた。そして捕まえた次の日「蝶々、逃がしてくる」と言って近くの公園に虫かごともっていき、茂みに隠れてこっそり食べた。

虫かごの中の蝶をそっと摘み出す。鱗粉《りんぷん》で口の中が粉っぽくなるから、羽を千切って身の部分だけ食べた。羽がなくても、蝶は口の中でモゾモゾと動く。そうしてあまり動かなくなったら、噛みつぶしてゴクンと呑み込んだ。食べた後は、色んな色の羽がいっぱい散らばって綺麗《きれい》だった。

幼稚園でも、ずっとしゃがみこんで虫ばかり探していた。

「食べてること、秘密にして」

そう口止めして、唯一約束を守れたのが隼人だった。他の子は「日向くん、虫食べたよ」と先生に喋ってしまったり、他の子に言いふらして「ムシクイマン」と日向をからかったりした。

隼人は虫を食う日向を見て「エリみたい」と言った。エリは隼人の田舎のおばあちゃんが飼っている雑種の猫で、カマキリやネズミを捕《と》ってきては隼人に見せびらかしていたようだった。

「日向の本当のお母さんは、きっと猫だよ」

そんなことも言っていた。自分に影響されたのか、隼人もアリは何度か食っていたが、それより大きなものは「ガサガサして気持ち悪い」と口にしなかった。

小学生になってからも、虫食いは続いた。そしてオタマジャクシはどんな味がするんだろうと思うようになった。食べてみたいという気持ちは日増しに大きくなり、我慢できなくなって学校の水槽で飼っているオタマジャクシを一匹、口の中に入れた。

オタマジャクシは昆虫みたいにガサガサしてなくて、ぬるっとして、ちょっとひやっとして、尻尾がぴちぴちと口の中で跳ねた。今までにないぬるぬるした感触が凄《すご》くて、口を閉じたまま何度も跳ねた。オタマジャクシは面白いけど、噛みしめると昆虫と違ってもっともっと臭くて、泥の匂いがした。

日向は隼人を誘って、家の近くにある川や沼にオタマジャクシを捕りに行った。捕るのは日向で、隼人はバケツの横に座って猫に悪戯《いたずら》されないように見守る番だ。隼人は日向の誘いを一度も断ったことはなかった。

隼人は運動がすごく苦手で、ボールを蹴るのも投げるのも下手《へた》くそだ。みんな知っているから野球やサッカーに誘わない。おまけにゲーム類も駄目で、右と左のコントローラーを同時に使えなかった。弱くて退屈だから、そっちの仲間にも呼ばれない。仲間はずれ……ではないけれど、隼人には友達が少なかった。

そんな隼人を遊びに誘うのは、スポーツやゲームなんかどうでもよくて、虫に夢中な日向ぐらいだった。それに隼人だったら、日向が捕まえた虫やオタマジャクシを食べても、じっと見てるだけ、何も言わなかった。

捕獲したオタマジャクシは、水槽で飼いながら一匹ずつ大切に食べていった。水槽を覗《のぞ》き込《こ》み「オタマジャクシ、随分と数が減ったわねえ」と呟く母親に「死んじゃった子は、公園に埋めたよ」と嘘《うそ》をついた。

オタマジャクシは、どんどん成長して手足が生えてくる。ふと、カエルはどんな味がするんだろうと気になった。そうなると確かめてみたくて、オタマジャクシを食べるのを我慢して、カエルになるまでじっと待った。

尻尾が全部引っ込み、オタマジャクシがカエルの形になったその日、母親が買い物に出ている間に、日向はドキドキしながらそいつを口の中に入れた。カエルはオタマジャクシと違って、ビチビチと尻尾を動かすだけじゃなく、ペタペタ跳ねた。虫はガサガサして口の中が痛くなる奴もいるのに、それが全然なくて、ぬるっとしてて、すごく可愛い感じがした。ずっと口の中に入れていたかったけれど、母親が帰ってきたから、慌《あわ》てて食べた。

その日の夜、ものすごくお腹が痛くなった。何回もトイレにいき、全身が濡れるほど汗がでて動けなくなり、救急車で病院に運ばれた。医者に「晩ご飯のほかに、何か食べたかい？」と聞かれた時は、もう死にそうにお腹が痛くて、少しでも早く助けてほしくて正直に「カエル」と答えた。母親は真っ青になって「ちゃんとご飯を食べさせているのに、どうしてそんなものを食べたの！」と泣き出し、医者も驚いていた。

「カエルはね、毒のあるものも多いんだよ。それに寄生虫って怖《こわ》い虫がいることもあるから、たとえ食用のカエルだったとしても生で食べちゃだめだ」

医者に注意されてからは、図書館で調べた毒のないカエルを選んで、食べるのは手足だけにした。これだけ痛い目にあっても「生き物を食らう」ことは楽しくてやめられなかった。

小学四年生になった時、川原で捕まえたトンボを食っていたら「どうしてお前、虫を食うの？」と隼人に聞かれた。

「面白いから」

「どこが面白いの」

「生き物が、口の中でモゾモゾ動くとこ」

「わっかんないなあ。それに虫って不味《まず》いんだろ。別に食うことないじゃん」

「本で読んだけど、世界には虫を食べる人って沢山いるんだよ。だから僕が虫を食べたって、おかしくないよ」

隼人は知らなかったらしく「ふーん」と頷《うなず》いて、それ以上は何も言ってこなかった。世界には、虫を食べる人が沢山いる。けど日本にはあまりいない。食べたら決まって怒られたし、からかわれたし、おかしいって言われた。だから隼人以外の人の前じゃ、虫は食べない。そんな素振りも見せない。そうすれば、誰も自分を「変な目」

で見たりしない。

隼人は昔みたいに、日向が食べるのをじっと見ない。横を向いて、目を逸《そ》らす。見るのが嫌なんだろう。わかってはいても、隼人の前でついついこれ見よがしに食べてしまう。多分、自分が「楽しんでるところ」を見てもらいたいのだ。

風が吹き込んでくる。目を開くと、開け放した窓からモンシロチョウが入ってきた。今西先生の淡々とした声の調子にあわせ、蝶が抑揚をつけて飛ぶ。気づいた生徒の数人が、蝶を視線で追いかける。

あれの味は知っている。羽をむしると、どんな音がするのかも。

蝶はゆっくりと教室の中を旋回し、入ってきた時と同じようにスイッと教室から出て行った。


昼休み、日向は弁当を持って隼人のいる１－Ａのクラスに入った。昼はいつも、隼人と隼人のクラスメイトの安藤《あんどう》と三人で食べている。

滝沢高は外部受験の入学者が全体の三分の一と少なく、持ち上がり組である程度の友人関係ができあがっている。そこに外部組が入っていくのは難しく、自然と新参者の外部組で固まっていく。隼人は面白くて愛嬌《あいきょう》があるけど、人見知りだ。慣れるまでキツイだろうなと、日向は休み時間や昼休みにせっせと隼人のクラスに通った。そのうち隼人もクラスに馴染み、安藤という鉄道オタクの友人もできた。そうしているうちに、日向も自分のクラスよりもこっちの方が居心地がよくなってしまい、昼ご飯だけは１－Ａに行くようになった。

日向と安藤は親の作った弁当で、隼人はいつも学食のパンを買ってくる。

「隼人、パンを食べたいから弁当とトレードして」

日向の弁当をチラッと見て、隼人は「いいよ」と呟いた。安藤はトレードされて隼人の手許《てもと》にいった日向の弁当を覗き込み、黒めがねの奥のでかい目をギョロギョロさせながら「相変わらずお前の母ちゃん、すげえな」と呟いた。日向の母親は専業主婦で、料理が趣味だ。前の夜から仕込んで、毎回凝《こ》った弁当を作る。

「毎日だと飽きるんだよね。僕はパンが好きだから、購買のパンを食べたいって言ってもお金くれないし」

喋りながら、日向はそう好きでもなく、美味《うま》くもない焼きそばパンにかぶりついた。本当に食べたくて「パンが食べたい」と言えば母親はお昼代をくれるだろうが、そんなことどうでもよかった。

中学は給食だったけど、高校にはない。隼人は母親に金をもらって、いつもパンを食べている。夜も金を渡されているらしく、よくコンビニの弁当を買って帰っている。

「そういや隼人さぁ、西輪《せいりん》高の久多《ひさだ》って知っている？」

安藤の問いかけに、隼人がグッと言葉に詰まるのがわかった。

「同じ中学だったよ。そいつがどうかした？」

かわりに日向が問い返す。

「西輪高に行った俺の友達で川上《かわかみ》ってのがいるんだけどさ、部活で久多って奴と仲良くなったらしいんだよ。滝沢行った友達がいるって話したら、久多に滝沢高に小津《おづ》中から行った池って奴がいるだろって聞かれたらしくてさ」

「顔はわかるけど、僕も隼人もあまり話さなかったからなあ」

そのまま話は途切れ、聞いた安藤にも確認以外の意図はなかったようだった。久多は中学二年の一時期、隼人を虐《いじ》めた主犯だった。発端《ほったん》はクラス対抗のバスケの試合。隼人と同じクラスだった久多は、運動神経が悪く、足手まといの隼人に腹をたてた。

それまで隼人は鈍《どん》くさいなりにクラスメイトと仲良くやっていたのに、いきなり虐めの標的になった。日向は隣のクラスだったし、隼人が何も言わなかったので「上履《うわば》きをなくした」「ノートがなくなった」と隼人が言っても、いつものようにうっかりしてたんだろうと思って気づかなかった。我慢して我慢していた隼人が、堪《こら》えきれなくなって、日向の前で号泣《ごうきゅう》するまで。

隼人に話を聞いてから、日向はすぐに動いた。久多が数人で隼人を叩《たた》く、殴《なぐ》る場面をこっそり動画で撮影し、嫌がる隼人を病院に連れて行って診断書を取り、映像のコピーと診断書を担任の先生に渡した。

学校は大騒ぎになった。映像という動かぬ証拠があるので言い逃れもできず、虐めに荷担していたバスケ部の部員とクラスメイトは一週間の停学になった。虐めは止まったが、隼人のクラスには何ともいえない気まずい雰囲気が残り、それが居たたまれなかったのか三年になって同じクラスになるまで、隼人は休み時間や昼休みのたびに日向のクラスに逃げてきていた。

三年になると早々に進路調査があり、日向は「一緒に滝沢高校に行こうよ」と隼人を誘った。公立は荒れていると評判がよくなかったし、少しでも隼人にストレスのない高校がよかった。

成績が中の下だった隼人は、一年間すごく頑張って勉強し、日向もつきっきりで面倒をみた結果、最初は担任に「池、お前にはちょっと厳しいんじゃないか」と言われていた滝沢高校に合格した。隼人の母親は大喜びで「隼人が合格したのは、日向くんのおかげだわ」と会うたびに言われる。

久多の話題が流れたので、隼人の表情がもとに戻ってくる。それを確かめてから、日向は立ちあがった。

「体操服、取ってくる」

五、六時間目は体育の授業で、1－Aと1－Bの合同だった。クラスが分かれた隼人と、唯一ともに授業を受ける時間だ。学校に更衣室がないので、Bの教室が女子の更衣室、Aの教室が男子の更衣室になる。早く着替えを取ってきておかないと、女子の着替えの中にはいって冷たい視線を浴びるという悲惨なことになりかねなかった。

体育の授業は、今月からずっとダンスをやっている。八グループに分かれて、前回、前々回でオリジナルのダンスを創作して振り付けた。今日はその発表になる。AとBの合同といっても、グループは同じクラスの中で作られた。

日向は菊池や吉田と同じグループだった。菊池は鬱陶しい男だが、ダンスだけは飛び抜けて上手かった。体の動きにキレがあってしなやかだし、体育教師も知らないステップを得意げに踏んでいた。

「菊池って、プロみたいだな」

日向が呟くと、吉田が「あいつ、中学はいるまでTRGの研修生をやってたんだよ」とこっそり教えてくれた。TRGは芸能に疎《うと》い日向でも知っている、歌って踊れる男性アイドルグループばかりが所属する事務所だ。

グループの創作ダンスは、セミプロのような菊池が一人でほとんど作ってしまった。面白くなさそうな顔をしている奴もいたが、体育の授業などどうでもいい日向にとってはすごく楽だった。

AとB合わせて八グループが、順番に創作ダンスを披露していく。自分で言うのもなんだが日向のグループの踊りはそれまでの中でずば抜けてかっこよく、まとまっていた。ダンスが終わった後には拍手までおこり、中心でポーズをとっている菊池は満足そうだった。けれどアイドルの研修生だったという過去を聞いてしまうと、その笑顔も弾《はじ》かれたものの残照……のように感じて、どこか哀れに日向の目に映った。

盛り上がった自分たちの次、最後が隼人と安藤のいるグループだ。隼人は、運動会のフォークダンスで手と足を別々に動かせず、日向が一緒に学校に残って猛特訓したにもかかわらずどうしても駄目で、仮病を使って運動会をずる休みしたという黒歴史がある。

自分のグループの練習で忙しくて、隼人のグループを見る余裕はなかったが、ダンスは厳しいだろうなと思っていたら案の定、隼人は出だしから他の人よりも何テンポも遅れた。他の生徒がまとまっているだけに隼人の外れた動きは目立つ。そのうち隼人が遅れると小さな笑いがおこりはじめた。ただ日向には、隼人が本人なりに、逃げずに一生懸命、音楽に合わせて手足を動かしているのがわかった。

隼人のグループの発表が終わり、体育教師が総評を述べていると、体育館の出入口から保健の先生が顔を覗かせた。急ぎの用だったらしく、体育教師は慌てて体育館を出て行き、授業は自習になった。

体育館の端に集まって話をしたり、バスケをやったりと生徒は好き勝手に過ごす。隼人のところに行こうかなと思って姿を探すと、同じグループの子たちと楽しそうに話をしていた。

「ダンスで最後に踊ったグループってさぁ、最悪だったよな」

菊池がいきなり、周囲にも聞こえるバカでかい声で喋りはじめた。

「ちょっと菊池、聞こえるって！」

吉田がたしなめても、菊池の声は止まらない。

「グループが最悪っていうより、一人のせいで台無しって感じ。あいつのダンスって何なん？　うちの小二の弟のがまだマシだってーの」

隼人のグループがこっちを見ている。その中心にいる隼人は、奥歯を噛みしめ、青い顔で小さく震えていた。

「池だっけ？　お前さぁ、下手すぎ。迷惑通り越して、壊滅的レベルっつーかさ」

「やめろよ」

日向は菊池の肩を摑《つか》んだ。

「他人のことなんて、どうでもいいだろ」

途端、人を見下すだけだった菊池の表情が変わった。

「下手なモンを下手って言って、何が悪いんだよ。もとは練習しねぇ奴が駄目なんじゃん。俺、何も間違ったこと言ってねーし。つか松田さぁ、お前も空気読めよ。その優等生面《づら》、マジうぜーんだよ」

制止しようとしたことで、逆に菊池を刺激したようだ。

「だいた……」

菊池が喋りかけたところで、バカッとすごい音がした。菊池の背中に、バスケットボールが当たったのだ。「いでっ」と呻《うめ》き、前のめりになった菊池は、威嚇《いかく》する犬の形相で歯を食いしばって「誰だよ、ゴラァ」と振り返った。

「ごめーん、菊池」

バスケットゴールの下から、吉田と仲の良い国松が右手を振る。

「ちょっと変な方向に飛んじゃった。ごめんねぇ」

クラスメイトの女の子相手には怒れなかったのか「痛え……じゃねえかよぅ」という菊池の声は小さくなる。そのタイミングで体育教師が戻ってきて、険悪な空気も曖《あい》昧《まい》になり、ホッとした。

生徒が集められ、総評の続きがはじまる。クラス別に集まったり、整列することもなく、みんな適当に座って聞いてる。

「菊池ってマジで鬱陶しい」

隣にいた国松が、ひそっと話しかけてきた。目が合うと「あたし、あいつ嫌い」と小声で呟き、小さく舌を出した。

「松田君も、あの馬鹿に関わらない方がいいよ。あいつ、中学の時に同級生を虐めてたんだ。これ、けっこう有名な話」

日向は外部受験なので知らなかったし、誰からも聞いたことはなかった。

「あいつのせいで二人、学校に来なくなったんだ。やり方がえげつなくてさぁ、その子たちが自殺しなかっただけマシって感じ。高校になったら落ち着くかと思ってたけど、相変わらずだし。けど隣のクラスの池君だっけ、こっちのクラスでなくてよかったよ。モロあいつのターゲットになりそうなタイプだもん」

国松は肩を竦《すく》めた。

「高校生になってまでイジメってさぁ、超ダサイってあのバカはいつ気づくんだろ」

……五時間目の後の休み時間、日向は一人で１－Ｂの教室に戻った。ＣとＤのクラスは移動教室なのか、三階はシンと静まりかえっている。体育館から教室まで距離があるので、普通なら十分の間に戻ってくる人はいない。

日向は教室に入ると、用心のためにふたつの引き戸に鍵《かぎ》をかけた。そして吉田の鞄《かばん》を開けて中を探り、財布を取り出した。千円を抜き取り、札と財布を一緒に菊池の机の奥に突っこんだ。

引き戸の鍵を開ける。ふと気配を感じて振り返ると、白いカーテンがはためき、モンシロチョウが教室の中をヒラヒラと飛んでいた。可憐《かれん》な目撃者を残し、日向は何食わぬ顔で体育館に戻った。体育館の中は暑いので、外で涼んだり、サッカーをしたりと生徒はバラバラ。誰がどこにいたかなど、多分誰も気にしてなかった。

それは絶妙のタイミングで、大騒ぎになった。着替えを終えた吉田は、ＨＲ《ホームルーム》までの間にジュースを買いに行こうとして、財布がないことに気づいた。

「お昼休みに見た時はちゃんとあったんだよ」

騒ぐ吉田に、国松が「どっか置き忘れたんじゃないの？」と言いながら、一緒に探してやっている。

「絶対に変だよ。体育の時間の間に取られたのかも……」

不安になってきたのか、もしかして……とクラスメイトがごそごそと自分の財布を確かめだす。日向は学生鞄の中を覗く振りをしながら、後ろの席の菊池の様子をうかがっていた。菊池は自分の鞄を探ったあとでホッとした顔をし、そのまま机の中のものを鞄に移そうとして……表情が変わった。

菊池が机の中から、ピンク色の財布を取り出す。

「……これ、お前の？」

財布を差し出す菊池の声は少し震えていた。

「そう、それだよ。どこにあったの？」

菊池が返事をしないから、かわりに日向が答えてやった。

「……机の中から、出してなかった？」

ビクッと菊池が震え、怯《おび》えた目で日向を見た。

「ちっ、ちがうっ……」

「違わないだろ。お前、机の中から出してたじゃん」

菊池の後ろの席の二上《ふたがみ》が告発する。吉田は大きな目をつり上げて菊池を睨《にら》んだ。

「どうして菊池の机の中に、あたしの財布があるのよっ！」

菊池は「おっ、俺が知るかっ！」と怒鳴った。吉田は財布を開いて「……千円たりない」と悲しそうな顔で菊池を見た。菊池は「俺じゃないって！」と弁解したが、二上の「お前の机の中、千円あんの見えるんだけど」の一言が決定的な状況証拠になった。

吉田は顔を歪《ゆが》めて「友達だと思ってたのに！」と泣き出した。菊池は椅子から立ち上がり「俺じゃない、俺じゃない！　誰かが俺の机の中に勝手に入れたんだよっ」と叫ぶものの、擁護《ようご》する者もなく虚しく響くだけだった。クラスの全員が菊池に「財布を盗んだ奴」という目を向ける。菊池は両手を握りしめ、ヒイッ、ヒイッと息を吸い込むと「やってらんねえよっ」と捨てぜりふを残し、鞄を摑んで教室を飛び出していった。

菊池の足音が消え去ってから、クラスメイトの誰かが「あいつ、ヤバいね」とぼやいた。

の言い方はない。

「財布とか、怖くて教室においとけないじゃん」

雑談の声で、空気がザワザワと震える。これで明日から、菊池も少しはおとなしくなるはずだ。自分に嫌がらせをするぐらいならまだ我慢できたが、隼人に向かってあの言い方はない。

不安の種は、早めに摘み取っておく。中学生の時は気づけなかったから、今度はもっと早めに動く。無理をして、頑張って安心できる高校に来て、クラスの雰囲気もいいのに、あんな害虫にまとわりつかれたら最悪だ。……いっそあいつが虫ならよかったのに。それなら一口で食ってやれる。

これからも隼人に嫌がらせをするなら、何度でも同じことをする。最初は許されても、二度目、三度目はない。「財布を盗む奴」という疑惑に信憑《しんぴょう》性が増してゆき、菊池は誰からも信頼されなくなる。

人からどういう風に見られているのか、というのは大事だ。いい成績をとり、真面目《まじめ》にしていれば、誰からも「虫を食っている」そんな風には見られない。自分も幸せで、みんなも知らなくて、平和に暮らしていける。

ガラッと引き戸が開き、担任の今西先生が入ってくる。いつもは担任が来ても平気でみんな喋っているのに、今日はぴたりと雑談が止まる。雰囲気が違うことに気づいたのか、今西は僅《わず》かに首を傾げて教室の中を見渡した。

「菊池はどうした？」

誰も答えない。クラスメイトの財布を盗んで、それがばれて教室を逃げ出した……とは最後の情けで言わない。

日向はスッと手をあげた。

「具合が悪いと言って、帰りました」

今西は「俺にも一言言って欲しかったがな」とぼやき、真面目で成績のいい委員長の言葉を一片も疑うことなく、HRをはじめた。

クラスメイトからは、委員長は教室を出て行った菊池を庇《かば》ってやったんだな……と見えて、陥れた張本人だとは夢にも思わないはずだった。


HRが終わり、1－Aに隼人を迎えに行くと、机の上に突っ伏していた。そんな隼人を向かいで安藤が困り果てた表情で見下ろしている。

「ほら、日向が来たぞ」

肩を揺さぶられても、隼人は顔もあげない。

「どうしたの？」

問いかけると、安藤は「体育で言われたの、かなりきちゃったみたいでさぁ」とボリボリと頭を掻《か》いた。

「お前、すげえ頑張ってたじゃん。あそこまで合わせるのも大変だったって、ちゃんと練習してたってみんな知ってるよ。あんな前髪野郎の言ってることなんて気にするなよ」

安藤の慰《なぐさ》めに、日向はうっかり吹き出すところだった。やっぱりみんな、菊池の前髪は気になるのだ。

「隼人、うちのグループの奴がごめんな」

謝ると、隼人は俯《うつむ》いたまま小さく首を横に振った。

「いい。俺が駄目なの、本当だし……」

「あいつさ、クラスでもちょっと問題のある奴なんだよ」

すると「そうなの？」と安藤が話に食いついてきた。安藤も外部組なので、菊池の噂《うわさ》は知らないのだ。

「今日もあいつ、色々とやらかしてさ」

思わせぶりに言葉を切ると、期待通り「何なんだよ、焦《じ》らしてないで聞かせろよ」

と安藤は興味津々《しんしん》だ。

「実はさ、クラスの女の子の財布がなくなったんだ。探してたら、あいつの机の中から出てきてさ。本人は違うって言ってたけど……」

隼人がじわっと顔を上げる。目が赤いから、少し泣いたのかもしれない。安藤は口許を手のひらで押さえ「うっわー最悪」と眉間に皺《しわ》を寄せた。

「もともとそういう素行の奴だから。隼人も気にするな」

日向が隼人の肩を軽く叩くと、安藤も「そうだぞ」と加勢してきた。

「前髪が変な泥棒野郎の言うことなんか無視しとけよ」

友人に励まされて、ようやく隼人はコクリと頷いた。隼人が浮上したことで安心したのか、安藤は部活に行った。ユーモアがあり、優しく、そして喋ることが好きな安藤。彼は今聞いた話を、クラスや部活の仲間に話すんだろう。いや、安藤だけじゃない。今日の出来事を目撃したクラスメイトも、吉田が見舞われた不幸と菊池の悪行を、それを知らない誰かに拡散していくんだろう。SNSに載れば、噂は一気に広まる。菊池は不名誉なレッテルと共に、追いつめられていく。

鞄に荷物をまとめた隼人と一緒に、日向は学校を出た。浮上はしたもののまだ気持ちは沈んでいるのか、いつもよく喋るのに隼人は無言だった。

近くの市立図書館に行って、二時間ぐらい二人で勉強する。中三の時から、ずっと同じパターンだ。隼人は小学五年生の時に両親が離婚し、母親に引き取られた。母親は早口で喋る気の強そうな目をした人で「忙しぃ」が口癖だ。家に帰ってくるのも夜の十時、十一時。去年部長になったみたいだと隼人が話していた。

午後七時、図書館を出て二人で駐輪場にゆくと、暗闇の中からミイミイと猫の鳴き声が聞こえた。まだ小さい猫の声だ。日向は駐輪場の裏の草むらに足を踏み入れた。

「おい、やめろよ」

制服のシャツを引っ張る隼人を振り払って、猫の居場所を探す。スマホのライトをかざすと、銀杏《いちょう》の木の下に小さな箱が置かれていた。そこから声が聞こえてくる。生まれたての子猫が四匹、箱に敷かれた小汚いタオルの上で這いずっていた。母猫の姿はない。というか、母猫の入れるようなサイズの箱じゃない。子猫だけ捨てられたんだろう。

その中の黒い奴の首根っこを摑んで持ち上げる。子猫は前足と後ろ足を伸ばすようにしてビイビイと鳴いた。

「子猫に触ると、人の匂いがつくだろ。もう放してやれよ」

結局、後からついてきた隼人が、日向の背中を叩いた。

「母猫なんていないし。子猫だけ捨てられたんだよ」

日向は子猫を鼻先に近づけて、その匂いを嗅いだ。土埃《つちぼこり》と血生臭さ、そしてミルクの匂いに誘われて、子猫の背中を軽く甘噛《あまが》みする。

「マジやめろって！」

激しく揺さぶられて、猫をくわえるのをやめた。

「僕も隼人も飼えないし、放っといたら明日の朝にはカラスにつつかれて死ぬだろうね」

「いいから返しとけっ」

隼人は日向から猫を取り上げ、箱の中につっこんだ。そして小さな箱を大事そうに抱えると、図書館の玄関に置き、泥棒のように全速力で駐輪場まで逃げてきた。

ミイミイミイ……親や餌を求める甲高い子猫の鳴き声に、図書館を出てきた人が何人も足を止める。拾われるか、保健所に連れて行かれるか……それはもう子猫の運命だ。

自転車に乗った隼人は、無言のまま先に漕ぎだした。その後をついていく。隼人は、日向が動物の子を手にするのを極端に嫌がる。食うと思ってるのかもしれない。

小学四年生の秋だった。ちょうど連休で、日向は隼人と一緒に川沿いにある空き家に入り、中を探検していた。広くて古い平屋で、中は埃っぽくて薄暗かった。隼人は空き家の中を探検するのが楽しそうだったが、日向は家の中よりも雑草の生い茂った庭の方をもっと回ってみたかった。珍しい虫がいそうだったからだ。

台所まできたとき「ミイミイ」と猫の鳴き声が聞こえた。隼人は「猫、いるんだ！」と声の聞こえてきた方へ向かって走り出した。鳴き声を頼りに探すと、空き家の押し入れの暗い場所に、親猫と小さな子猫三匹が一緒にいた。子猫は小さなネズミみたいで、ミイミイと可愛い鳴き声を上げた。

「うわっ、ちっせぇ。かわいいー」

隼人は興奮して大きな声で叫ぶ。真っ白な親猫は般若《はんにゃ》の面のような顔で「フーッ」と歯をむき出し、侵入者を威嚇する。

「すっげえ怒ってる。そんな怒んないでさ〜ちょっとだけ見せてくれよ」

隼人はしゃがみ込み、じわじわと親猫と子猫に近づいていく。母猫が、乳を飲んでいる黒い子猫の首筋を噛んで、顔の前に持ってきた。そして子猫を舐めはじめたと思ったら、不意に子猫がピギッと声をあげた。手足を突っ張らせて震え、そのうち力が抜けて前足と後ろ足がダランとし、動かなくなった。

「……えっ」

隼人が首を傾げる。母猫は口を大きくあけると、子猫の頭にガブリと嚙みついた。舐めてるって感じじゃない。母猫はガブリ、ガブリと何度も嚙みつき、まさか、まさかと思っている日向の前で、子猫の前足を嚙みちぎった。

「……食ってる……」

隼人がブルブル震えた。

「食ってるよう。なっ、なんで食うんだよ」

隼人は口をわななかせ、子を食う母猫を見ている。日向は可哀想とか、気持ち悪いと思う前に、ただただ驚きにその胸を支配されていた。猫って、猫を食うんだ。……自分の子供を食うんだ。食って……いいんだ。それともこの親猫が、狂ってるんだろうか。

母猫に食われて、子猫は頭がなくなった。隼人は「ううう、ううっ」と泣きながら猫に突進していき、母猫に寄りそう二匹を鷲《わし》づかみして奪い取った。親猫が威嚇する中、隼人は猫の子を摑んで空き家を飛び出した。そして泣きながらスーパーの近くの動物病院に駆け込んだ。隼人の家でも、日向の家でも、飼えもしないのに猫の子を連れて帰ったら叱られるからだ。

「おっ、お母さん猫が、こっ、子猫を食べた」

隼人は泣いて泣いて、言葉にならない。そんな隼人に「そうだったのね」と優しく声をかける獣医は、眼鏡《めがね》をかけた女の人だった。

「食べてるのを見ちゃったなら、ショックだったたね。けど猫ちゃんの中には、子猫を食べちゃう猫ちゃんもいるんだ」

獣医は優しく、けれど衝撃的な事実を淡々と語った。

「生まれた子供が弱かったり、死んで生まれちゃった時に、食べちゃうことがあるの。食べて自分の栄養にして、他の子猫のミルクにするんだよ。あとは敵がいて、自分と子猫を守れないと思った時に、食べちゃったりね」

あの猫は狂ってない。狂ってなくても、子猫を食べた。

「そんなのおかしいっ」

隼人の涙は止まらない。

「動物の世界は、とっても厳しいんだよ。自分で自分を守らなきゃ、誰も助けてくれないから。君は子猫を連れてきたけど、この子猫達はお母さん猫に食べられたかもしれないし、食べられなかったかもしれない。けど、もうお母さん猫のところには戻せないんだ。警戒心の強い猫ちゃんは、人間の匂いがついちゃったら、怖いって思って食べちゃうかもしれないから」

「俺が……悪いの?」

隼人は両手を握りしめて、胸に引き寄せた。

「この子猫は君のものじゃなく、お母さん猫のものだったんだよ。次からは自然のまま、そっとしといてあげようね。食べられちゃっても、それは子猫の運命だから。けど君が連れてきたこの二匹は、先生が責任を持って飼い主さんを見つけるよ」

動物病院を出たあと、家に帰るまで隼人はずっと泣いていた。その隣で、日向は子猫を食っていた母猫の姿を思い出していた。

親猫は、弱かったり、死んでしまった猫の子を食べる。もしかして人間も、弱い子が生まれたら食べたりするんだろうか。けど子供を食べるなんて話、聞いたことがない。猫みたいに知らないだけで、大人たちはこっそり子供を食べてるんだろうか。だって人間だって、動物だもの。

人は、どんな味がするんだろう。あの子猫は、どんな味がするんだろう。親猫は……どんな気持ちで子猫を殺したんだろう。自分の子供を、美味《おい》しいって思ったんだろうか。

猫が猫を食べるという衝撃的な場面は、忘れられない出来事として心の中に残った。それから一年近く経った小五の夏休み、一人で母方の実家、宮崎の田舎に行くという隼人に、日向もくっついていった。隼人の母親に「一人じゃ隼人が寂しいだろうから、日向君も一緒に行って遊んであげてくれないかしら」と誘われたのだ。すごく行きたいけど、母親が許してくれるかなと思いつつ相談すると、先に隼人の母親から話を聞いていたらしく「行ってらっしゃいよ」と逆に勧められた。

日向と隼人は八月いっぱい田舎で過ごした。隼人の両親はどちらも田舎に来ることなく、夏休み明けに離婚した。隼人は両親の離婚の話し合いから遠ざけるために田舎にやられ、寂しがらせないために自分は選ばれたのだと、後になって何となくわかった。

隼人の両親は残念なことになったが、夏休み自体は楽しかった。隼人の田舎のおばあちゃんは農家で、山を持っていた。山には見たこともない虫が沢山いて、すごく興奮した。毎日網をもって出掛け、捕らえた片っ端から食った。

自分たちが田舎にいる間に、エリの娘でニキという猫が、五匹の子猫を産んだ。隼人はニキの出産の間、部屋に閉じこもって出てこなかった。日向はずっと出産を見ていたけど、ニキの産んだ子猫は五匹とも元気で、一匹も食べられることなく母猫から乳をもらっていた。

「ニキ、食べてないよ」

教えてやると、ようやく隼人は部屋から出てきて、嬉しそうにニキと子猫を……遠くから見つめた。「もっと近くで見れば？」と言ってやったが「人間の匂いがつくと駄目だから」と頑《かたく》なに近づこうとしなかった。

猫の生まれた翌日、隼人のおばあちゃんは「猫の子、山に捨ててくる」と衝撃的な一言を放った。

「どっ、どうして捨てるの」

隼人は手にしていたお茶碗をちゃぶ台の上に落とした。

「何匹も飼えんからな」

「けっ、けど……」

「今のうちがええ。太ったら、よけいにむごい」

しばらく考え込んだあと、隼人は「俺が猫を捨ててくる」と立候補した。猫の子をニキから引き離し、段ボール箱に入れて二人で山の中に入った。隼人は少し開けた小川のそばまで来ると「俺らで子猫の世話をしよう」と言い出した。

「俺たちが帰るまでに、少しは大きくなるよ。俺、毎日ミルクをもってくるし。そしたらきっと一匹でも生きていけるようになるよ」

隼人は自信満々で、その顔を見ていたら日向も飼えるような気がしてきた。小川のそばに、段ボール箱をベースに子猫の家をつくる。家といっても、段ボールの周囲をちょっと木の枝で囲っただけ。子猫はまだ這い回るだけだから、箱を出て行けない。迷子にはならないので、これで十分だった。隼人は台所からこっそり取ってきたミルクをプラスティックトレーの中にいれて段ボールの中に置き、ニコニコしながら猫の子を見つめていた。

お昼前に家に帰り「捨ててきたか？」とおばあちゃんに聞かれた隼人は、堂々と「うん」と頷いていた。ご飯のあと、ちょっと昼寝をしてからまた山に入った。猫の家に近づいていくにつれ、カアカアとカラスの鳴き声が大きくなっていく。その時は「近くにいるんだな」ぐらいにしか思ってなかったけど、ミイーッと聞こえた甲高い猫の声に、ギクリとした。普通の声じゃない。それは隼人も感じたらしく、何も言わずにダッと走り出した。小川が見える場所までいくと、猫の箱の周囲に二羽のカラスがいるのが見えた。

猫の子は箱の外につまみ出され、カラスの鋭い嘴《くちばし》で突かれている。隼人は石を拾ってカラスに投げつけた。カラスは高く舞い上がったものの、飛び去らずに高い木の枝に止まり、カアカアと未練がましく鳴いていた。

五匹いた猫の子は外に出ているのも合わせて三匹しか残っていなかった。箱の外の一匹は足から、もう一匹は頭から半分食われていた。箱の中にいるキジトラの一匹だけは辛うじて生きていた。お腹が大きく動いているのでわかった。生きてはいるものの、カラスにつつかれたのか全身から血を滲《にじ》ませ、鳴く元気はなかった。

隼人はしゃがみ込んで、ワアワア泣いた。日向は箱の中のキジトラを手に取った。手のひらの上のキジトラはまだ温かくて、顔を近づけるとスピスピと息をしているのが聞こえた。

怪我《けが》をしてたって、死にそうだって、おばあちゃんの家には持って帰れない。怒られる。もともと捨ててこいと言われていた猫だ。

猫の背中をそっと撫でる。血が沢山出てかわいそうだと思うのに、あの衝動が込み上げてくる。空き家の押し入れで、般若のような顔で自分たちを威嚇していた母猫を思い出した。もしかしたら、あの時の母猫の気持ちが一番よくわかるのは、自分かもしれない。

「食べていい？」

泣いていた隼人が日向を見た。

「このこ、食べていい？」

「……お……まえ、何いってんの？」

隼人の声は震えていた。

「もうこのこ、死ぬよ。生きていけない。それなら僕が食べた方がいいと思うんだ」

「やっ、嫌だよっ」

隼人は大きく首を横に振った。

「僕が食べて、僕の栄養になった方がいいよ。そしたらこのこが、僕の中で生きてくことになる。このままだと本当にただ死んじゃうだけになるよ」

答えを出せない隼人は「けど、けど……」と繰り返す。日向は手のひらに載せたキジトラの肩を、あの親猫のように軽く噛んだ。毛が口の中でモサモサしている。少し力をいれると、子猫の体がビクビクッと震えた。口に、生きているものの感触が伝わってくる。虫でも、カエルでもない……生きているものの……。

「やっ、やっぱ駄目っ」

隼人が止めるまでに、日向は子猫の柔い皮を噛み切っていた。隼人は「わあああっ」と叫び、執念深く様子をうかがっていたカラスがバサバサと飛び去るのが見えた。

「食うな、馬鹿っ」

日向からキジトラを取り上げると、隼人は胸に抱きかかえて小さくなった。

「馬鹿、馬鹿……日向のばかっ」

隼人の手の中で、キジトラも死んだ。隼人は残っていた子猫の部分とキジトラを土の中に埋め、何度も「ごめん、ごめん」と繰り返し謝っていた。

……結局、子猫はほんの少ししか飲み込めなかったけど、日向の体になった。……それから生きている動物を食べたことはない。

いつも並んで喋りながら帰るのに、今日の隼人は一人先にどんどん自転車を漕いでいく。昼間は暑かったのに、夜になるとちょっとだけ寒い。

隼人の住むマンションが見えてきた。そこから三分ほど自転車でいったところに日向の家がある。

「……じゃあな」

怒っていたみたいだけど、いつも別れる時のようにそう言って、隼人は自転車を駐輪場に押し込んだ。

「食べたいな」

声をかける。振り返った隼人は、すっごく嫌そうな顔をしていた。

「ちょっとだけでいいから。隼人に邪魔されて、あのこ食い損ねたし」

隼人はますます不機嫌な顔になる。

「今から図書館に戻って、つれてこようかな」

引き返してきた隼人は、日向の自転車の後輪を蹴っ飛ばした。

「そのネタ、最悪なんだよ。俺を嫌がらせるようなことばっか言うな。そんなこと、やりもしねぇ癖に」

お互いに黙り込んだまま、俯く。しばらくするとようやく隼人が「自転車置いてこい」と顎《あご》をしゃくった。

「ここでいいよ」

「俺が嫌なんだよ」

仕方がないから、隼人の自転車の横に自分の自転車を置いた。玄関でもよかったのに、「母さんが帰ってきたら、嫌だから」と隼人の部屋に連れて行かれた。「ちょっと待ってろ」と言われて、お預けされる。椅子に座って座面に踵《かかと》を引っかけ、ギイギイやっていると隼人が部屋に戻ってきて「お前、うるさい」と文句を言った。

日向の前に立った隼人は、無言のまま右手を差し出してきた。その手首を掴み、日向は自分の顔に近づけた。指先から、石鹸の匂いがした。そのままでもいいのに、いつも隼人は手を洗う。

人差し指を、口に含む。石鹸の味がする。指に舌先を絡《から》めて、じっとり吸い上げる。奥歯で軽く嚙むと、指先が口の中でビクビクッと震えて、一気に引き抜かれた。

「嚙むなって前も言っただろ！」

「ごめん、ごめん。ちょっとだけ指、動かして」

謝りながら、人差し指と中指の二本を咥《くわ》える。口の中で生きているものの指が動く。ゆるゆると粘膜を撫でる。

日向は猫の子のように必死に吸い上げる。石鹼の味も消えて、感触だけが口の中に残る。自分の意志が及ばないところにあるものに、恍惚《こうこつ》とする。

この動くものを歯で捕らえ、嚙み潰したい。この生き物はどんな味がするんだろう。けど我慢する。いくらでも見つけられる虫やカエルと違って、隼人の指のかわりはどこにもない。たった一度でこの幸福は消えてしまう。

頭の中がじんわりして、快感に背筋がゾクゾクする。もうずっとこの生き物をしゃぶっていたい。そう一晩中でも。

「……お前、また勃《た》ってんぞ」

そんな声、気にしない。

「この変態野郎」

隼人の指が少し乱暴に上顎をなぞる。日向は子猫みたいな甘い声をあげて、窮屈な布地の中で思いきり射精していた。

「どうして日向は、こうなんだろうな」

染みだしてくる股間の布地を、隼人は切なげに見下ろした。

「お前、すっげ優しいのに……どうしてなんだろうな」

こんなに満ち足りて幸福なのに、隼人から見れば自分は不幸に見えるのだろうか。

本書は二〇一八年二月、小社より単行本として刊行されたものです。

|著者|木原音瀬　高知県生まれ。1995年「眠る兎」でデビュー。不器用でもどかしい恋愛感情を生々しくかつ鮮やかに描き、ボーイズラブ小説界で不動の人気を持つ。『箱の中』は刊行時、「ダ・ヴィンチ」誌上にてボーイズラブ界の芥川賞作品と評され、話題に。『美しいこと』はコミカライズもされ、幅広い層の人気を博している。ほかの著書に『ココロシムラ』『嫌な奴』『秘密』『ラブセメタリー』『捜し物屋まやま』など多数。

罪《つみ》の名前《なまえ》

木原音瀬《このはらなりせ》

講談社文庫

定価はカバーに
表示してあります

2020年９月15日第１刷発行

発行者――渡瀬昌彦
発行所――株式会社　講談社
東京都文京区音羽2-12-21　〒112-8001
電話　出版（03）5395-3510
　　　販売（03）5395-5817
　　　業務（03）5395-3615

Printed in Japan

デザイン―菊地信義
本文データ制作―講談社デジタル製作
印刷―――豊国印刷株式会社
製本―――株式会社国宝社

ISBN978-4-06-520810-6

講談社文庫刊行の辞

二十一世紀の到来を目睫に望みながら、われわれはいま、人類史上かつて例を見ない巨大な転換期をむかえようとしている。

世界も、日本も、激動の予兆に対する期待とおののきを内に蔵して、未知の時代に歩み入ろうとしている。このときにあたり、創業の人野間清治の「ナショナル・エデュケイター」への志を現代に甦らせようと意図して、われわれはここに古今の文芸作品はいうまでもなく、ひろく人文・社会・自然の諸科学から東西の名著を網羅する、新しい綜合文庫の発刊を決意した。

激動の転換期はまた断絶の時代である。われわれは戦後二十五年間の出版文化のありかたへの深い反省をこめて、この断絶の時代にあえて人間的な持続を求めようとする。いたずらに浮薄な商業主義のあだ花を追い求めることなく、長期にわたって良書に生命をあたえようとつとめるところにしか、今後の出版文化の真の繁栄はあり得ないと信じるからである。

同時にわれわれはこの綜合文庫の刊行を通じて、人文・社会・自然の諸科学が、結局人間の学にほかならないことを立証しようと願っている。かつて知識とは、「汝自身を知る」ことにつきていた。現代社会の瑣末な情報の氾濫のなかから、力強い知識の源泉を掘り起し、技術文明のただなかに、生きた人間の姿を復活させること。それこそわれわれの切なる希求である。

われわれは権威に盲従せず、俗流に媚びることなく、渾然一体となって日本の「草の根」をかたちづくる若く新しい世代の人々に、心をこめてこの新しい綜合文庫をおくり届けたい。それは知識の泉であるとともに感受性のふるさとであり、もっとも有機的に組織され、社会に開かれた万人のための大学をめざしている。大方の支援と協力を衷心より切望してやまない。

一九七一年七月

野間省一

講談社文庫 ✿ 最新刊

有栖川有栖
インド倶楽部の謎
前世の記憶、予言された死。神秘が論理へ鮮やかに翻る！〈国名シリーズ〉最新作。

塩田武士
氷の仮面
「女の子になりたい」。その苦悩を繊細に、圧倒的共感度で描き出す。感動の青春小説。

重松清
ルビィ
「生きてるって、すごいんだよ」。重松清、幻の感動大作ついに刊行！〈文庫オリジナル〉

横関大
ルパンの星
愛すべき泥棒一家が帰ってきた！和馬と華の愛娘、杏も大活躍する、シリーズ最新作。

京極夏彦
文庫版 今昔百鬼拾遺―月
鬼の因縁か、河童《かっぱ》の仕業か、天狗攫《さら》いか。「稀譚月報」記者・中禅寺敦子が事件に挑む。

宮城谷昌光
湖底の城 九
〈呉越春秋〉
呉越《ごえつ》がついに決戦の時を迎える。伍子胥《ごししょ》と范蠡《はんれい》の運命は。中国歴史ロマンの傑作、完結！

江原啓之
トラウマ
あなたが生まれてきた理由
トラウマは「自分を磨けるモト」。幸せになるヒントも生まれてきた理由も、そこにある。

小竹正人
空に住む
EXILEなどを手がける作詞家が描く、タワーマンションで猫と暮らす直実の喪失と再生。

高田崇史
QED
〈～ｏｒｔｕｓ～ 白山の頻闇〉
大人気QEDシリーズ。古代「白」は神の色だった。白山信仰が猟奇殺人事件を解く鍵か？

講談社文庫　目録

2020年6月15日現在